एक अनोखी यात्रा

एक उपन्यास

जिम स्टोवाल

EBD
EMBASSY BOOKS
www.embassybooks.in

THE ULTIMATE JOURNEY

Te website addresses recommended throughout this book are offered as a resource to you. These web sites are not intended in any way to be or imply an endorsement on the part of Embassy Books, nor do we vouch for their content.

This story is a work of fiction. All characters and events are the product of the author's imagination. Any resemblance to any person, living or dead, is coincidental.

The Team: John Blase, Amy Kiechlin, Jack Campbell, Karen Athen
Cover Design: Sarah Schultz
Cover Photos: iStockphoto 10455657; 4767700; 2616845

First Hindi edition published in India 2015

Published in India by :
EMBASSY BOOK DISTRIBUTORS
120, Great Western Building,
Maharashtra Chamber of Commerce Lane,
Fort, Mumbai - 400 023.
Tel : (+91-22) 22819546 / 32967415
Email : info@embassybooks.in
Website: www.embassybooks.in

ISBN 13: 978-93-83359-98-1

एक
अनोखी
यात्रा

यह पुस्तक डोरोथी थॉम्पसन,

डेविड सी कूक और रिक एलरिज

के प्रति समर्पित है। इनकी

सहायता के बिना इस पुस्तक को

पूरा करना संभव नहीं हो पाता।

जीवन में जो यात्राओं पर नहीं निकलता

क्या कहीं पहुंच सकता है?

जो कदम बढ़ाने से डरता है,

क्या वह चलना सीख सकता है?

हमारी हर शुरुआत लड़खड़ाने से होती है, मगर क्या लड़खडाहट कोई असफलता है? लडखडाने के बाद हम गिरते हैं और उसके बाद क्या होता है? हम उठते हैं और चलना सीख लेते हैं।

भूमिका

जीवन में यात्रा का महत्त्व क्यों है? क्योंकि यात्राओं के दौरान हम जितना सीख पाते हैं उतना कभी नहीं सीख सकते। जब हम एक स्थान से दूसरे स्थान यात्रा करतें हैं तो उस दौरान हमारी आंतरिक यात्रा भी होती है। हम खुद से अनेक प्रश्न पूछते हैं और हमें अनेक प्रश्नों का उत्तर भी मिलता है। और इस तरह हमारी सोच और समझ का विकास होता है। हम खुद को बेहतर ढंग से जानने और समझने लगते हैं।

बड़े-बड़े दार्शनिक और चिंतकों ने इंसान की आंतरिक यात्रा को महत्त्वपूर्ण बताया है। उनका मानना था कि जब तक इंसान अपने भीतर की यात्रा नियमित रूप से नहीं करेगा, वह जीवन का अर्थ सही ढंग से नहीं समझ पाएगा। अपने होने का अर्थ सही ढंग से नहीं समझ पाएगा।

इस पुस्तक का मूल उद्देश्य यही जाहिर करना है कि जब हम गंभीरता के साथ अपने भीतर की यात्रा करते हैं तो हमारे भीतर चमत्कारिक परिवर्तन होते

हैं। इसके पहले अध्याय से लेकर अंतिम अध्याय तक जेसन स्टीवंस की आंतरिक यात्राओं का वर्णन है।

जेसन स्टीवंस एक चौबीस वर्षीय युवा हैं जिनके कंधे पर स्टीवंस परिवार के बिजनेस साम्राज्य को संभालने की जिम्मेदारी आ चुकी है। क्या वे इतनी कम आयु में इतनी बड़ी जिम्मेदारी को संभाल पाएंगे? क्या वे अपने भीतर परिवर्तन लाए बिना इस विराट दायित्व को निभा पाएंगे? इन प्रश्नों का उत्तर है – नहीं! इस कसौटी पर खरे उतरने के लिए उन्हें अपने भीतर बड़े परिवर्तन लाने होंगे और हमारे भीतर परिवर्तन तभी आता है, जब हम गंभीर आंतरिक यात्राएं करते हैं।

यह पुस्तक जेसन की गंभीर आंतरिक यात्राओं की है। इस पुस्तक में वे अपने भीतर को झकझोरते हैं, खुद से कष्टदायक प्रश्न पूछते हैं और अपने स्वर्गीय दादा, रेड स्टीवंस की उम्मीदों पर खरा उतरने के लिए खुद को तैयार करते हैं।

रेड स्टीवंस इस दुनिया से जाने से पहले अपने पौत्र जेसन को अपना उत्तराधिकारी घोषित करके गए। स्टीवंस बिजनेस साम्राज्य की बागडोर एक चौबीस वर्षीय युवा के हाथों में सौंप कर गए। क्या जेसन उनकी उम्मीदों पर खरा उत्तर पाएंगे? क्या जेसन की आंतरिक यात्राएं इस अग्निपरीक्षा के लिए उन्हें तैयार कर पाएंगी? इन प्रश्नों का उत्तर पुस्तक के अगले पन्नों में मौजूद है।

विषय सूची

जो यात्रा हमें भीतर

से न बदले

उसे निरुद्‌देश्य ही कहा जाएगा।

अगर कहीं पहुंचना हो

पहला कदम

अपने भीतर की ओर बढ़ाओ।

जो सफर मजा न दे

वह मंजिल तक

क्या पहुंचाएगा?

हम चाहें तो हर कदम पर

सीख सकते हैं,

वरना मीलों

चलना बेकार जाएगा।

एक

अनोखा

जीवन

मेरा नाम 'जेम्स' है, हालांकि सब लोग मुझे 'जिम' कह के पुकारते हैं और मैं इसी नाम से जाना जाता हूं। बहुत से लोगों को तो यह भी नहीं मालूम कि मेरा असली नाम 'जिम' नहीं 'जेम्स' है और मैं खुद तब ज्यादा सहज महसूस करता हूं जब मुझे 'जिम' कहकर बुलाया जाता है। सच तो यह है कि यदि आप पीछे से मुझे 'जेम्स' कहकर पुकारेंगे तो मैं पीछे मुड़कर नहीं देखूंगा और यदि आप 'जिम' कहकर पुकारेंगे तो मैं तुरन्त पीछे मुड़कर आपकी तरफ मुखातिब हो जाऊंगा क्योंकि मैं इसी नाम का आदी हो चुका हूं।

मेरा नाम क्या है, आप यह जान चुके हैं। अब मैं अपने पेशे के बारे में बताता हूं। मैं पेशे से एक ड्राइवर हूं। मैं पिछले बीस वर्षो से स्टीवंस परिवार का ड्राइवर हूं। मैं पिछले बीस वर्षों से उनकी लिमुजीन चलाता हूं और मुझे इस बात का गर्व है।

यदि आप पूछेंगे कि स्टीवंस परिवार कौन है तो मुझे बड़ा आश्चर्य होगा क्योंकि रेड स्टीवंस के बारे में कौन नहीं जानता! बिजनेस की दुनिया में रेड स्टीवंस किसी लेजन्ड से कम नहीं और इनकी अपार सफलता के बारे में कौन नहीं जानता। इनकी कर्मठता, इनकी उदारता और इनकी जीजिविषा के किस्से आप ने भी सुने होंगे। और मुझे इस बात का गर्व है कि मैं उस महान 'रेड स्टीवंस' की लिमुजीन पिछले बीस वर्षों से चला रहा हूं। यही कारण है कि मैं उनके बारे में जितना जानता हूं, शायद ही कोई जानता होगा।

रेड स्टीवंस ने अरबों डॉलर कमाए और खर्च भी उन्होंने उसी अनुपात में किया। बीसवी सदी के बिजनेस जगत का इतिहास रेड स्टीवंस के बिना अधूरा ही रह जाएगा क्योंकि जितनी सफलताएं उन्होंने अर्जित कीं, शायद ही किसी ने की होगी। उनमें यह गुण था कि वे जिस चीज को हाथ लगाते थे, वह सोना बन जाती थी। 'असफलता' किस चिड़िया का नाम है, वे जानते ही नहीं थे।

मगर मैं यह सच जानता हूं कि अपनी तमाम सफलताओं के बावजूद रेड स्टीवंस एक बात को लेकर बेहद दुखी रहते थे। उन्हें इस बात का दुख था कि दुनिया पर तो उन्होंने बड़ा प्रभाव छोड़ा, मगर अपने परिवार पर वे कोई बड़ा प्रभाव नहीं छोड़ पाए। वे अपने पारिवारिक जीवन से दुखी रहते थे। मैं यह बात इसलिए जानता हूं क्योंकि वे कोई भी बात मुझसे छुपाते नहीं थे। अपने सारे सुख-दुख मुझसे साझा करने में उन्हें कोई संकोच नहीं होता था। इतने वर्षो तक साथ रहने का परिणाम यह था कि हमारे बीच अब एक ड्राइवर और कार मालिक का रिश्ता नहीं रह गया था। वे मुझे अपना मित्र मानने लगे थे।

रेड स्टीवंस इस बात के लिए चिंतित रहते थे कि उनके बाद उनकी विरासत कौन संभालेगा। वे अस्सी की आयु पार कर चुके थे और वे यह जानते थे कि उनके पास अब बहुत समय नहीं बचा है। उन्हें जल्द से जल्द अपने उत्तराधिकारी का चुनाव करना पड़ेगा; यदि सही उत्तराधिकारी का चुनाव नहीं हुआ तो उन्हें यह आशंका थी कि उनके विराट बिजनेस एम्पायर को धराशायी होने में वक्त नहीं लगेगा।

क्योंकि बिना सही नेतृत्व के किसी बिजनेस का सुचारू रुप से चलना संभव ही नहीं।

रेड स्टीवंस का मानना था कि बिजनेस का क्षेत्र चुनौतियों से भरा पड़ा है। यहां हर कदम पर चुनौतियां हैं, इसिलिए एक बिजनेस को सफलतापूर्वक चलाने के लिए तथा उन्नति करने के लिए एक सक्षम तथा प्रगतिशील नेतृत्व का होना अनिवार्य है। मगर रेड स्टीवंस के आगे समस्या यह थी उन्हें अपने परिवार में एक भी ऐसा व्यक्ति नजर नहीं आ रहा था, जिसमें एक सफल लीडर के गुण मौजूद हों। इसलिए वे अत्यधिक चिंतित रहते थे।

उनकी यह चिंता उस दिन और गहरी हो गयी जब डॉक्टर ने उनके सामने यह घोषणा की कि रेड स्टीवंस एक गंभीर बीमारी से ग्रस्त हैं तथा अब उनके पास ज्यादा समय नहीं बचा है। हालांकि रेड स्टीवंस ने इस खुलासे को बडी बहादुरी के साथ लिया, उनके चेहरे पर किसी प्रकार की शिकन नहीं नजर आयी, क्योंकी यह उनके चरित्र की विशेषता थी, उनकी मानसिक परेशानियां कभी उनके चेहरे पर प्रकट नहीं होती थीं। मगर सच तो यह है कि वे इस बात के प्रति और भी गंभीर हो गए कि उन्हें जल्द से जल्द अपने उत्तराधिकारी का चुनाव करना है।

उस दिन की एक-एक बात मेरे जेहन में आज भी ताजा है। डॉक्टर से मिलने के बाद जब वे लिमुजीन में आकर बैठे तो सबसे पहले उनके मुंह से ये शब्द निकले - ''जिम, मेरी यात्रा का अंत अब आ रहा है। मरना तो सबको एक दिन पड़ता है, लेकिन मरने से पहले

मैं अपने बिजनेस के प्रति आखिरी जिम्मेदारी निभा लेना चाहता हूं। क्योंकी मेरा बिजनेस सिर्फ मेरा या मेरे परिवार का नहीं है। इसके द्वारा अनगिनत परिवारों का भरण-पोषण होता है। मेरी जिम्मेदारी मुख्यतः उनके प्रति है। आगे चलकर उन परिवारों के जीवन में संकट न आए, मुझे इसकी तैयारी आज ही करनी होगी।''

इस महान व्यक्ति की बातें सुनकर मैं भाव विभोर हो रहा था। मैंने आज तक एक भी ऐसे कर्मचारी को नहीं देखा जो रेड स्टीवंस के लिए काम करके दुखी हो। रेड स्टीवंस का एक-एक कर्मचारी इस बात का गर्व महसूस करता है कि वह रेड स्टीवंस के लिए काम करता है और उनमें से मैं भी हूं। इसका मुख्य कारण यह है कि रेड स्टीवंस के लिए अपने कर्मचारीयों के हितों से बढ़कर कुछ नहीं था।

उनकी हमेशा यह कोशिश रहती थी कि जो लोग उनके साथ जुड़े हैं, उनके लिए काम करते हैं, उनके जीवन में वे सकारात्मक योगदान दे सकें। उनके हितों की रक्षा करना रेड स्टीवंस अपना कर्तव्य समझते थे। उनका यह मानना था कि जब हम दूसरों की मदद में अपना हाथ बढ़ाते हैं तो एक तरह से हम खुद को मजबूत करते हैं क्योंकि दूसरों के बाजुओं की ताकत हम अपने बाजुओं में महसूस करते हैं।

लिमुजीन की पिछली सीट पर रेड स्टीवंस खामोश बैठे थे और मैं आईने में उन्हें निहार रहा था। उनके चेहरे का भाव बिलकुल शांत था मगर यह भी स्पष्ट था कि वे गहरे चिंतन में डूबे हुए थे। कुछ देर मौन रहने के बाद उन्होंने कहा, ''जिम, हम टेड हेमिलटन से

मिलने चलेंगे। मुझे उससे जरूरी विचार-विमर्श करना है।''

मैं जब भी रेड स्टीवंस को गहरे चिंतन में डूबा देखता हूं, मैं यह समझ जाता हूं कि वे टेड हेमिलटन के ऑफिस चलने के लिए कहेंगे। अपने जीवन का हर जरूरी फैसला, वे टेड हेमिलटन से विचार-विमर्श के बाद ही लेते हैं । टेड हेमिलटन एक प्रख्यात वकील हैं। वकालत की दुनिया में उनकी वही हस्ती है जो कि बिजनेस जगत में रेड स्टीवंस की है। और दोनों की दोस्ती साठ साल पुरानी है।

साठ साल !! आप हैरान होंगे कि क्या यह संभव है कि आज के युग में लोंगो के बीच दोस्ती साठ साल तक टिकी रही? आज दोस्ती बहुत देर से बनती है और बहुत जलदी टूट जाती है। लोग किसी को सुबह दोस्त बनाते हैं तो शाम होते-होते उससे किनारा करने का मन बना लेते हैं। आज के समय में दोस्ती बनती कहां है और बनती भी है तो टिकती कहां है?

मगर रेड स्टीवंस और टेड हेमिलटन की दोस्ती सबसे निराली थी। दोनों की आयु अस्सी वर्ष के ऊपर थी और पिछले छः दशकों से देानों एक-दूसरे के सुख-दुख में चट्टान की तरह साथ खड़े थे। हालांकि हर चंद दिनों पर दोनों की मुलाकातें होती, फिर भी वे जब भी मिलते तो ऐसी गर्मजोशी के साथ कि मानों बरसों बाद मिल रहें हों।

मैंने लिमुजीन को टेड हेमिलटन के ऑफिस के बाहर पार्क किया और देखा कि टेड ऑफिस की खिड़की से हमें देख रहे हैं। जब तक रेड स्टीवंस गाड़ी से बाहर निकलते, टेड हेमिलटन उनका स्वागत

करने के लिए ऑफिस से बाहर आ चुके थे। ऐसा हमेशा होता; हर बार जब भी हम उनके ऑफिस आते, वे खिड़की से हमारी गाड़ी को आते देख लेते और फौरन अपने मित्र का स्वागत करने के लिए अपने ऊर्जावान कदमों के साथ बाहर आ जाते।

मैं जब भी टेड हेमिलटन को देखता उनकी ऊर्जा और उत्साह को देखकर चकित रह जाता। जितने ऊर्जावान रेड स्टीवंस थे उतने ही ऊर्जावान उनके मित्र थे। अस्सी वर्ष के इन दो वयोवृध्दों को देखकर मैं शर्मिंदा महसूस करता। मैं सोचता कि मेरी आयु इनसे करीब चालीस वर्ष कम है फिर भी इनमें मुझसे सौ गुना ज्यादा ऊर्जा है। कभी-कभी मैं सोचता कि इतनी गहरी दोस्ती का राज क्या है और तभी मुझे इस प्रश्न का उत्तर भी सहज ही मिल जाता । एक ऊर्जावान व्यक्ति दूसरे ऊर्जावान व्यक्ति को आकृष्ट करता है और दोनों के बीच दोस्ती तैयार होती है। मैंने आज तक किसी ऊर्जावान व्यक्ति को किसी बेजान व्यक्ति के साथ दोस्ती करते नहीं देखा। ऐसा संभव ही नहीं है क्योकि दोनों के बीच घनिष्ठता बनेगी ही नहीं।

ऊर्जा हमेशा ऊर्जा को आकृष्ट करती है इसलिए दो ऊर्जावान व्यक्ति में दोस्ती स्वाभाविक रूप से तैयार होती है। रेड स्टीवंस और टेड हेमिलटन की दोस्ती के पीछे भी यही कारण था। एक दूसरे की सकारात्मकता से इनकी आत्मा पोषित होती थी और इनके बीच का रिश्ता गहराता जाता था। दो सफल और महान व्यक्तियों की दोस्ती अपनी आंखो से देखकर मैं खुद को धन्य समझता था।

उस दिन भी दोनों मित्र पूरे उत्साह और आत्मीयता के साथ

मिले। मुझे सबसे ज्यादा हैरानी तो रेड स्टीवंस के उत्साह को देखकर हुयी, क्योंकि महज एक घंटे पहले डॉक्टर ने उनके सामने यह खुलासा किया था कि वे इस दुनिया में महज चंद दिनों के महमान हैं, मगर उनके हाव-भाव से यह प्रतीत होता था कि मानो वे इस बुरी खबर को भूल चुके हैं।

लोग कहते हैं कि परिवार से बढ़कर मित्र नहीं हो सकते; मगर अपनी लाइलाज बीमारी की सबसे पहले रेड स्टीवंस ने मुझे सूचना दी और मेरे बाद यह सूचना टेड हेमिलटन को प्राप्त हुयी। और सच तो यह है कि अपने अंतिम क्षणों तक रेड स्टीवंस ने अपने परिवार को यह भनक तक नहीं लगने दी कि वे मौत के मुहाने पर खड़े हैं। इसलिए वे लोग जो मित्रों को महत्त्व नहीं देते, उन्हें अपने नजरिए और सोच पर पुनर्विचार करना चाहिए।

जब रेड स्टीवंस ने अपने मित्र को यह सूचना दी कि वे बस चंद दिनों के महमान हैं तो काफी देर तक टेड हेमिलटन अपनी कुर्सी में धंसकर अवाक बैठे रहे। उन्हें यह विश्वास नहीं हो रहा था कि साठ साल पुराना साथी उन्हें छोड़कर जा रहा है। वे सदमे में थे।

अपने मित्र की हालत देखकर रेड स्टीवंस को एकाएक साथ बिताए दिन याद आ गए। आखिर साठ वर्ष कोई कम समय नहीं होता। रेड स्टीवंस को यह एहसास हुआ कि मानो वे अपने मित्र का साथ छोड़कर उसके साथ दगा कर रहे हैं। उनके जाने के बाद उनका मित्र बेहद अकेला पड़ जाएगा।

कुछ देर की खामोशी के बाद रेड स्टीवंस ने चुप्पी तोड़ी और

अपने मित्र से कहा, ''टेड, तुम तो जानते हो कि न तो यह मेरा स्वभाव है और न तुम्हारा कि हम समस्याओं के सामने सिर पकड़ कर बैठ जाएं। चिंता में डूब जाएं। हमारे पास दुखी होने या शोक मनाने के लिए समय नहीं है दोस्त। समय बहुत कम बचा है और हमें अभी बहुत कुछ करना है।''

टेड हेमिलटन ने अपने मित्र की बातों को ध्यानपूर्वक सुनने के बाद कहा, '' तुम ठीक कहते हो दोस्त; शोकमग्न होना हमें शोभा नहीं देता। हम कर्मशील व्यक्ति हैं, हमें कर्म करना है, अपना कर्तव्य निभाना है।''

रेड स्टीवंस ने अपने मित्र का हाथ थामते हुए कहा. ''मित्र तुम तो जानते हो कि मैंने अपना बिजनेस इतना फैला रखा है कि कभी-कभी अपने बिजनेस के विस्तार को देखकर मैं खुद हैरान-परेशान हो जाता हूं। मैं अक्सर सोचता रहा हूं कि मेरे बाद इस बिजनेस-एम्पायर का क्या होगा? कौन संभालेगा इसे? मेरी संतानें संघर्ष करने में विश्वास नहीं करतीं! उन्हें पका-पकाया खाने की आदत पड़ चुकी है। इसलिए उनमें इस बिजनेस साम्राज्य को संभालने की योग्यता ही नहीं है। मैं तुम्हारे पास इस समस्या का समाधान के लिए आया हूं, क्योंकि लाखों परिवार का भविष्य मेरे बिजनेस एम्पायर के भविष्य पर निर्भर करता है। उन परिवारों की आने वाली पीढ़ी किस तरह पलेगी -बढ़ेगी इस बात निर्भर करता है कि मेरे बाद मेरा बिजनेस कितने सुचारू ढंग से चलेगा।''

दो क्षण के लिए मौन रहने के बाद टेड हेमिलटन बोले, ''रेड,

मैं तुम्हारी चिंता को समझता हूं। लेकिन मैं साथ में यह भी मानता हूं कि तुम अपने परिवार का सही-सही मूल्यांकन नहीं कर पा रहे हो। यह सही है कि तुम्हारे परिवार के अधिकांश सदस्य अयोग्य हैं। उनका ध्यान अपने कर्तव्यों के बजाय अपने अधिकारों पर रहता है। वे सिर्फ हक मांगना जानते हैं इसलिए उनसे यह उम्मीद करना कि वे अपना कर्तव्य निभाएंगे, अपने आप में निरर्थक है। मगर तुम्हारे ही परिवार में एक व्यक्ति है, जिस पर तुम्हारा ध्यान नहीं गया है, मगर जिसे देखकर मुझे तुम्हरे जवानी के दिन याद आ जाते हैं। उसमें ऐसे बहुत से गुण हैं जो आज से पचास वर्ष पहले तुममें नजर आते थे।''

''कौन है वह? '' रेड स्टीवंस ने चकित भाव से पूछा।

''तुम्हारा पोता-जेसन स्टीवंस!'' टेड हेमिलटन ने उत्तर दिया!

''मगर क्या उसमें इतने बड़े बिजनेस को संभालने की योग्यता और क्षमता है?''

''यदि उसे सही प्रशिक्षण दिया जाए तो वह तुम्हारे बिजनेस साम्राज्य को संभालने के योग्य सिध्द हो सकता है।''

''मगर टेड तुम तो जानते हो प्रशिक्षण देने के लिए मेरे पास समय कहां है! मैं इस दुनिया में कुछ ही दिनों को महमान हूं।''

काफि देरे तक दोनों घनिष्ठ मित्रों के बीच विचार-विमर्श चलता रहा और अंततः वे इस निष्कर्ष पर पहुंचे कि रेड स्टीवंस का उत्तराधिकारी उनका पोता जेसन स्टीवंस ही होगा। हालांकि यह भी तय हुआ कि परिवार के शेष सदस्यों के लिए भी पर्याप्त धन-संपत्ति

छोड़ी जाएगी मगर बिजनेस साम्राज्य की बागडोर जेसन स्टीवंस के हाथों में ही रहेगी।

अब अगला प्रश्न यह था कि चौबीस वर्षीय जेसन स्टीवंस को इतने बड़े बिजनेस एम्पायर को चलाने के लिए कैसे प्रशिक्षित किया जाए? आदमी चाहे कितना भी गुणवान क्यों न हो, सही प्रशिक्षण के बिना वह बड़ी जिम्मेदारी नहीं निभा सकता और जेसन को सही प्रशिक्षण उसके दादा रेड स्टीवंस ही दे सकते थे, मगर समस्या यह थी रेड स्टीवंस के पास अपनी जिंदगी के गिने-चुने दिन ही शेष बचे थे।

टेड हेमिलटन ने इसका भी उपाय ढूंढ़ निकाला। उन्होंने रेड स्टीवंस से कहा कि वे जो कुछ अपने पोते को सिखाना चाहते हैं, बिजनेस के बारे में तथा जीवन के बारे में, उन विषयों पर वे विडीयो तैयार करें। वे हर विषय पर विस्तारपूर्वक बोलें तथा उसकी डीवीडी तैयार करें। उनके जाने के बाद भी उनका पोता उन विडीयोज को देख-सुनकर बिजनेस की बारीकियां सीखता रहेगा।

अगले दो दिन रेड स्टीवंस लगातार अपनी बातों की विडीयो रिकॉर्डिंग करते रहे। वे बिजनेस की तमाम चुनौतियों से जूझने की बारीकियां समझाते रहे। अपने साठ साल के करियर में उन्होंने जो कुछ सीखा और जो कुछ समझा, उन सारी बातों की रिकॉर्डिंग करते रहे ताकि अपने पोते के लिए ज्ञान का ऐसा भंडार वे छोड़ जाएं जो हर तरह की चुनौती का सामना करने के लिए उनके पोते को तैयार कर सके।

दो दिन बाद जब वे अपनी विडीयो रिकॉर्डिंग की डीवीडी

बनाकर टेड हेमिलटन से मिलने गए तो टेड हेमिलटन ने उनका वसीयतनामा तैयार रखा था। रेड स्टीवंस को अपने मित्र पर इतना भरोसा था कि वे आंख मूंद कर एक-एक पन्ने पर हस्ताक्षर करते गए।

इसके बाद टेड हेमिलटन ने बड़े गंभीर भाव से रेड स्टीवंस से कहा,''रेड, तुम सोचते हो कि तुम ने अपना सब कुछ अपने होनहार पोते को दे दिया, मगर मैं समझता हूं कि अपनी सबसे कीमती चीज तुमने अब भी अपने पास ही रखी हुयी है।''

रेड स्टीवंस बड़े हैरान होकर बोले,''यह तुम क्या कह रहे हो टेड? तुमने ही वसीयतनामा तैयार किया है। तुम जानते हो कि मेरी धन-संपत्ति का अब जेसन ही वारिस है। अब और देने के लिए मेरे पास क्या है? इसके अलावा बिजनेस-जगत के बारे में मैं जितना भी ज्ञान रखता हूं, उन सारी बातों की विडियो रिकॉर्डिंग मैं जेसन के लिए छोड़े जा रहा हूं ताकि बिजनेस की तमाम चुनौतियों का वह सटीक ढंग से सामना कर सके। इनके अलावा मैं और क्या दे सकता हूं?''

दो पल के लिए मौन रहने के बाद टेड हेमिलटन बोले, ''रेड, तुम हमेशा से अपने विचारों को अपनी डायरी में दर्ज करते रहे हो, मैं जानता हूं कि पिछले साठ वर्षों में तुमने अपने हर लक्ष्य, हर उपलब्धि और हर संघर्ष को अपनी डायरियों में दर्ज किया है। और मैं यह भी जानता हूं कि तुमने अपनी डायरियों को संभालकर सुरक्षित रखा है। मैं चाहता हूं कि उन सारी डायरियों को तुम जेसन के सुपुर्द कर दो।''

रेड स्टीवंस चकित भाव से बोले, ''यह तुम क्या कह रहे हो टेड? उन डायरियों में मेरे बेहद निजी विचार दर्ज हैं। उनको कभी मेरी

पत्नी ने भी नहीं पढ़ा। मेरे सिवा किसी ने उनके पन्ने नहीं पलटे। मैं कैसे जेसन को वे डायरियां दे दूं?''

टेड हेमिलटन ने मस्कुराते हुए उत्तर दिया, ''मैं तुम्हारी दुविधा समझ सकता हूं रेड, तुम्हारी जगह मैं भी कुछ ऐसा ही सोचता क्योंकी कोई नहीं चाहता कि उसके निजी विचार दूसरे लोग पढ़ें। लेकिन तुम्हें यह समझना होगा कि तुम्हारा पोता, जेसन स्टीवंस अभी मात्र चौबीस वर्ष का है और उसके कंधे पर तुम बहुत बड़ी जिम्मेदारी डालने जा रहे हो। तुम्हारी डायरियों में जो अनमोल ज्ञान दर्ज हैं, वे उसका मार्गदर्शन करेंगे। उनको पढ़कर, उनको समझकर और उनसे सीखकर वह ऐसी तमाम गलतियों को करने से बच पाएगा, जो एक नौजवान व्यक्ति करता है। और सबसे बढ़कर मैं यह जानता हूं कि तुम एक ईमानदार व्यक्ति हो। तुमने अपनी डायरी में जो भी विचार दर्ज किए होंगे, उनमें तुम्हारी पूरी ईमानदार रही होगी। और एक महान उद्यमी के विचार पढ़ना अपने आप में बहुत बड़ी बात है। दुनिया के किसी भी बिजनेस स्कूल में पढ़ने से ज्यादा तुम्हारी डायरी को पढ़कर इंसान सीख सकता है। इसलिए मेरा अनुरोध है कि तुम अपनी सारी डायरियां अपने पोते जेसन स्टीवंस को सौंप दो। तुम्हारे बाद भी वह तुम्हारी मशाल जलाए रखेगा।''

टेड हेमिलटन ने अपनी बात को इतनी खूबी से रखा कि रेड स्टीवंस के पास अपने मित्र की बात मानने के सिवा कोई चारा नहीं था। वे अगले ही दिन अपनी सारी डायरियां लेकर टेड के पास गए और उन्हें सौंप दीं। साथ में रेड ने वे डीवीडी भी टेड हेमिलटन को सौंप दी, जिसमें बिजनेस संबंधित तमाम जानकारीयां वे रिकार्ड कर

चुके थे। उन्होंने टेड से कहा, ''मित्र ये डायरियां, ये डीवीडी और यह वसीयतनाम तुम्हें अपने पास रखना है। मेरा जाने के बाद ही तुम्हें यह दुनिया के सामने उजागर करना है कि मेरे उत्तरीधकारी कौन है। क्योंकि मैं अपने अंतिम दिन शांतिपूवर्क बिताना चाहता हूं और यदि आज यह खुलासा हो गया कि मेरा उत्तराधिकारी मेरा पोता जेसन स्टीवंस है तो मेरे बेटे मुझे शांति से मरने भी नहीं देंगे । मैंने जिंदगी में कभी आराम नहीं किया, मगर अपने अंतिम दिनों में आराम करना चाहता हूं।''

अपने मित्र की बातें सुनकर टेड हेमिलटन की आंखों में आंसू आ गए। वे समझ गए कि उनका मित्र अब ऊंगलियों पर अपने दिन गिन रहा है वरना यह कर्मठ इंसान आराम के बारे में कभी सोचता भी नहीं । और हुआ भी ऐसा ही, रेड स्टीवंस सप्ताह भर बाद इस दुनिया से चल बसे।

रेड स्टीवंस का देहावसान पूरी दुनिया में एक बड़ी खबर था। दुनिया का ऐसा कोई अखबार या टीवी चैनल नहीं था जिमसे रेड स्टीवंस के देहांत को प्रमुखता से स्थान न दिया गया हो। हर क्षेत्र के गणमान्य व्यक्तियों ने रेड स्टीवंस को श्रद्धांजली अर्पित की तथा समाज व बिजनेस जगत में उनके योगदान को याद किया गया।

मगर चंद दिनों में ही रेड स्टीवंस के देहांत से बड़ी खबर उनका वसीयतनामा बनने जा रहा था। समूचा बिजनेस जगत भौचक्का रह गया जब यह खबर सामने आयी कि रेड स्टीवंस अपने चौबीस वर्षीय पोते को अपना उत्तराधिकारी बनाकर गए हैं। लोग इसे बहुत

बड़ी भूल मान रहे थे। आखिर इतने विराट बिजनेस एम्पायर को एक चौबीस वर्ष का लड़का कैसे संभाल पाएगा? क्या अपने अंतिम दिनों में रेड स्टीवंस का दिमाग ठीक ढंग से काम नहीं कर रहा था जो वे इतनी बड़ी गलती करके गए हैं? क्या रेड स्टीवंस का आखिरी फैसला उनके बिजनेस एम्पायर को ले डूबेगा? इस तरह के प्रश्न बिजनेस जगत में तथा मीडिया में उठने लगे?

सबसे ज्यादा हाहाकार तो रेड स्टीवंस के परिवार में ही मचा। उनके परिवार के शेष सदस्य ईर्ष्या के मारे पागल हो गए। हर कोई रेड स्टीवंस का उत्तराधिकारी बनने का सपना देख रहा था और वे इस कटु-सत्य को पचा नहीं पा रहा थे कि उनका सपना टूट चुका है। रेड स्टीवंस ने अपने पोते जेसन स्टीवंस पर भरोसा किया, उन पर नहीं। रेड स्टीवंस ने अपने समस्त पुत्रों, पुत्रियों, पोते-पोतियों, नाती-नतिनियों में से सिर्फ जेसन को ही क्यों चुना? क्या वह सबसे श्रेष्ठ है, सबसे ज्यादा बुद्धिमान और योग्य है? नहीं! उन्हें जेसन में ऐसी कोई खूबी नजर नहीं आ रही थी, इसलिए उन्हें साजिश की बू लगने लगी। हो न हो, इस वसीयतनामे के पीछे कोई बहुत बड़ा षडयंत्र है। इसलिए उन्होंने न्यायालय में गुहार लगाने का फैसला किया।

मगर कोर्ट में उनकी अपील टिक नहीं सकी क्योंकि उनका सामना दुनिया के श्रेष्ठतम वकीलों में शुमार, टेड हेमिलटन से था। टेड पहले ही पूरी तैयारी कर चुके थे। उन्हें मालूम था कि अपने मित्र के वसीयतनामे की रक्षा के लिए उन्हें कोर्ट में उतरना होगा। उन्होंने कोर्ट में तमाम सबूत पेश किए। वे विडियोज पेश किए जिनमें रेड स्टीवंस अपने पोते जेसन को संबोधित करते हुए बिजनेस के गुर सिखते हैं।

उनके जाने के बाद बिजनेस को आगे बढ़ाने का रास्ता दिखाते हैं। टेड हेमिलटन ने जो सबूत पेश किए उनके आगे विरोधी पक्ष के वकील की दलीलें टिक नहीं सकीं और न्यायालय ने यह फैसला सुनाया कि जेसन स्टीवंस ही स्वर्गीय रेड स्टीवंस के कानूनी तौर पर उत्तराधिकारी हैं।

न्यायालय के फैसले के बाद चौबीस वर्षीय जेसन स्टीवंस ने अपने दादा रेड स्टीवंस के विशाल बिजनेस एम्पायर की बागडोर अपने हाथों में ली और हर कदम पर अपने स्वर्गीय दादा के मित्र, टेड हेमिलटन का मार्गदर्शन लेते रहे। और इसके साथ ही मेरे जीवन में भी बड़ा परिवर्तन आया। मेरे लिए यह कल्पना करना भी कठिन था कि मैं जीवन में कभी रेड स्टीवंस के अलावा किसी और की गाड़ी भी चलाऊंगा। मगर कहते है न कि परिवर्तन ही जीवन का नियम है। मैं अब रेड स्टीवंस के पोते, जेसन स्टीवंस की लिमुजीन चलाने लगा था। शुरुआती दिनों में मैं बड़ा असहज महसूस करता था मगर धीरे-धीरे मैंने जब जेसन को और नजदीक से जाना तो मुझे जेसन में उसके दादा की छाया नजर आने लगी। मानो रेड स्टीवंस इस दुनिया से गए ही नहीं, सिर्फ रूप बदलकर और अपनी उम्र घटाकर लिमुजीन की पिछली सीट पर आ बैठे हों। जेसन के तमाम हाव-भाव, उसके मिजाज और आदतें मुझे रेड स्टीवंस की याद दिलाती थीं। मैं विस्मय के साथ सोचता कि अपने पोते को अपना उत्तराधिकारी चुनकर रेड स्टीवंस ने कितना सही फैसला लिया। दादा और पोते में कितनी समानताएं थीं।

जेसन स्टीवंस के लिए अगला एक वर्ष बेहद चुनौतीपूर्ण था।

उनके युवा कंधों पर इतनी बड़ी जिम्मेदारी आ चुकी थी और इस जिम्मेदारी को निभाने के लिए उनके पास पर्याप्त अनुभव नहीं था। मैंने उन दिनों बहुत नजदीकी से उनके मानसिक संघर्ष को देखा। कई बार तो वे इतने विचलित हो उठते कि उनका दिमाग काम करना बंद हो जाता और मुझसे टेड हेमिलटन के ऑफिस की दिशा में गाड़ी मोड़ देने को कहते।

अपने दादा की तरह जेसन भी टेड हेमिलटन पर पूरा विश्वास और भरोसा करने लगे थे। टेड हेमिलटन के सामने बैठकर जेसन हजार सवाल करते और टेड बड़े धैर्य के साथ जेसन को सुनते और फिर जेसन से कहते.''जेसन, तुम्हारे जितने भी प्रश्न हैं उन सभी का उत्तर, उन विडियोज में हैं, जो तुम्हारे दादा तुम्हारे लिए छोड़ गए हैं।'' इसके बाद वे जेसन को अपने पास बिठाकर बारी-बारी से उन विडियोज को चलाते, जिन्हें अपने अंतिम दिनों में रेड स्टीवंस ने रिकार्ड किया था। बिजनेस की बारीकियों से भरे उन विडियोज को देखकर, जेसन की आंखे खुलतीं और उनका मन शांत हो जाता। ऐसा प्रतीत होता कि मानो घने अंधेरे में उन्हें रास्ता दिख गया हो।

इस बीच जेसन के व्यक्तिगत जीवन में भी एक बड़ा बदलाव आया। उनकी मुलाकात एलेक्सिया से हुयी जो कि एक नौ वर्षीय बालिका, एमिली की माता थी। एमिली लुईकेमिया से पीडित थी और उसके इलाज का सारा खर्च रेड स्टीवंस फाउंडेशन उठा रहा था। मगर एमिली बच नहीं सकी; अपनी बीमारी के साथ लंबे संघर्ष के बाद नौ वर्षीय बालिका ने दम तोड़ दिया। इस घटना से जेसन स्टीवंस बेहद

आहत हुए। इस बीच वे एमिली और उसकी मां एलेक्सिया से प्रायः रोज मिलते थे और एमिली के इलाज में कोई कसर न छोड़ने के लिए प्रतिबद्ध थे। उन्होंने एमिली के इलाज में फाउंडेशन का पैसा पानी की तरह बहाया और दुनिया के श्रेष्ठ डॉक्टरों की सेवाएं लीं, मगर तमाम कोशिशों के बावजूद एमिली बच नहीं सकी।

एमिली के गुजरने के बाद जेसन इस सोच में पड़ गए कि आखिर यह धन-दौलत किस काम की जब यह एक नौ वर्ष की बच्ची की जान नहीं बचा सकी? वे महीनों से एमिली का इलाज अपनी देखरेख में करा रहे थे और कहीं न कहीं उसकी मौत के लिए खुद को जिम्मेदार मानने लगे थे। वे अवसादग्रस्त हो गए थे। इसी बीच वे एक दिन एलेक्सिया से मिलने गए; पिछले कुछ महीनों में मां-बेटी उनके जीवन का अभिन्न अंग हो चुकी थीं। उनकी कमी जेसन को खल रही थी और उन्होंने एलेक्सिया को सांत्वना देना भी जरूरी समझा।

जेसन को याद आया कि दोनों मां-बेटी ने उस मुश्किल दौर का बड़ी बहादुरी के साथ सामना किया था। उनकी बहादुरी और जीवट देखकर जेसन को प्रेरणा मिलती थी और जेसन उनके साथ बेहद भावनात्मक लगाव महसूस करते थे। और अब एमिली के जाने के बाद वे अपने भीतर भावनात्मक शून्यता महसूस करने लगे थे। वे इस शून्यता को जल्द से जल्द भर लेना चाहते थे।

जब जेसन, एलेक्सिया से मिलने गए तो उनके भीतर यह संशय था कि क्या एलेक्सिया भी उनके प्रति वही लगाव महसूस करती है जैसा कि जेसन एलेक्सिया के प्रति महसूस करते हैं? जेसन यह सही-

सही अंदाजा नहीं लगा पा रहे थे कि एलेक्सिया के मन में क्या है? मगर जेसन का संशय जल्द ही दूर होनेवाला था। अगली तीन-चार मुलाकातों के बाद जेसन न सिर्फ यह महसूस करने लगे कि वे एलेक्सिया से गहरा प्रेम करते हैं बल्कि इस बात के प्रति भी आश्वस्त हो गए कि एलेक्सिया भी उनसे उतना ही प्रेम करती है। इस आश्वस्ति के बाद जेसन स्टीवंस ने एलेक्सिया के सामने विवाह का प्रस्ताव रखने में देरी नहीं की। और एलेक्सिया ने भी उनके प्रस्ताव को स्वीकारने में देरी नहीं की; कुछ ही दिनों बाद, एक बिलकुल सादे समारोह में दोनों का विवाह संपन्न हो गया।

उन्हीं दिनों की बात है की एक दिन लिमुजीन की पिछली सीट पर बैठे जेसन ने बड़े ही गंभीर स्वर में मुझसे कहा, ''जिम, पिछले एक वर्ष में मेरे जीवन में इतने बदलाव आए हैं कि मैं समझ नहीं पा रहा हूं कि आखिर जिंदगी इतनी तेजी से कैसे बदल सकती है? एक साल पहले मैं बड़ी बेपरवाह जिंदगी जी रहा था और आज एक इतने बड़े बिजनेस एम्पायर को चलाने की जिम्मेदारी मेरे कंधों पर है। एक साल पहले मैं सोच भी नहीं सकता था कि मैं इतनी जल्दी शादी कर बैठूंगा, मगर आज मैं एक पति हूं। इस एक साल ने कुछ बेहद खुशी के अवसर भेंट किए हैं तो कुछ ऐसे मौके भी आए जो मुझे भीतर तक हिला कर चले गए जैसा कि एमिली का इस दुनिया से चले जाना। इस एक साल में इतना कुछ घटा है कि कभी-कभी मैं सोचता हूं कि मैं जाग रहा हूं या फिर कहीं सो तो नहीं रहा हूं। क्योंकि मुझे अब भी यह विश्वास नहीं होता है कि क्या इंसान की जिंदगी सच में इतनी तेजी से और इतनी जल्दी बदल सकती है?

इस बीच टेड हेमिलटन ने जेसन और एलेक्सिया से मिलने की इच्छा

व्यक्त की। उनका यह कहना था वे रेड स्टीवंस की सबसे कीमती चीज जेसन को सौंपना चाहते हैं जो कि अमानत के तौर पर उनके पास सुरक्षित रखी है। रास्ते भर जेसन और एलेक्सिया बड़े विस्मय के साथ यह चर्चा करते रहे कि आखिर किस कीमती चीज की बात टेड हेमिलटन कर रहे थे।

रहस्य पर से पर्दा तब उठा जब टेड हेमिलटन ने दर्जनों पुरानी डायरियां जेसन के सामने रख दीं। ''यह क्या है?'' जेसन ने हैरान होकर पूछा, ''आप तो किसी कीमती चीज की बात कर रहे थे?'' टेड हेमिलटन थोड़ा मुस्कुराए और फिर कहा, ''इससे बढ़कर तुम्हारे लिए कीमती उपहार हो ही नहीं सकता। बाजार में कोई ऐसी चीज नहीं जिसे तुम खरीद नहीं सकते और यह ऐसा उपहार है जो तुम्हें बाजार में मिल नहीं सकता!''

''मैं अपनी आंखो के सामने कुछ पुरानी डायरियां देख रहा हूं, प्लीज मुझे बताएं कि ये किसकी हैं और आप मुझे ये क्यों भेंट करना चाहते हैं?'' जेसन ने उत्सुक्तापूर्वक टेड हेमिलटन से पूछा । टेड हेमिलटन ने जेसन के कंधे पर हाथ रखकर कहा, ''जेसन ये तुम्हारे स्वर्गीय दादा 'रेड स्टीवंस' की डायरियां हैं। इनमें उनके साठ वर्ष के अनुभवों का निचोड़ है। वे बीस वर्ष की उम्र से ही अपने विचारों को अपनी डायरियों में दर्ज करने लगे थे और यह सिलसिला उनके अंतिम दिनों तक चलता रहा। मेरे ही अनुरोध पर वे यह अनोखा उपहार तुम्हारे लिए छोड़ गए हैं। इसके पीछे उद्देश्य यही था कि इनको पढ़कर तुम इतना कुछ सीख पाओगे जितना कि दुनिया के तमाम बिजनेस स्कूल या फिर दशकों का अनुभव भी तुम्हें नहीं सिखा सकते। इन डायरियों में दुनिया के एक महान बिजनेस माइंड के विचार दर्ज हैं; तुम कल्पना भी नहीं कर सकते कि इनमें ज्ञान का कैसा खजाना भरा

होगा। इसलिए मैं यह अनोखा उपहार तुम्हारे सुपुर्द करता हूं जिसे कि अमानत के तौर पर मैंने संभालकर रखा था।''

कुछ क्षणों के लिए जेसन स्टीवंस उन डायरियों को एकटक देखते रहे और फिर उनकी आंखो से सहसा आंसू छलक आए। उन्होंने डायरियों को बटोरकर अपने बैग में रखा और टेड हेमिलटन के प्रति गहरा आभार व्यक्त करते हुए विदा लेने के लिए उठे। वे दो कदम आगे बढ़े ही थे कि टेड ने उनसे कहा, ''जेसन जाते-जाते तुम्हें एक वायदा करना होगा.''

''आप जैसा आदेश करेंगे, मैं वैसा ही करूंगा।'' जेसन ने उत्तर दिया। टेड बोले, ''तुम्हें यह वायदा करना होगा कि तुम नियमित रूप से अपने स्वर्गीय दादा के विडियोज को देखोगे-सुनोगे और उनकी डायरियों को गहराई के साथ पढ़ोगे और उनका अध्ययन करोगे। मुझे विश्वास है कि ऐसा करने से तुम बिजनेस की और जीवन की हर चुनौती का बखूबी सामना कर पाओगे। तुम्हारे युवा कंधो पर जो इतनी बड़ी जिम्मेदारी आ चुका है, उसको सफलतापूर्वक निभा पाओगे।''

टेड हेमिलटन की बातें सुनकर जेसन बेहद भावुक हो उठे। उन्हें विश्वास नहीं हो रहा था कि क्या आज के युग में भी ऐसी दोस्ती संभव है? उनके दादा के गुजरने के बाद भी टेड हेमिलटन अपनी दोस्ती को पूरी निष्ठा के साथ निभा रहे हैं। दोस्त चल बसा मगर दोस्ती अब भी जिंदा है। जेसन की आंखे पूर्णतः नम हो चुकी थीं, और साथ खड़ी एलेक्सिया का भी यही हाल था। जेसन ने आगे बढ़कर टेड हेमिलटन का हाथ थामकर कहा, ''सर, मैं आपसे यह वायदा करता हूं कि हर हाल में अपने स्वर्गीय दादा

और अपकी उम्मीदों पर खरा उतरने की कोशिश करूंगा। अपनी क्षमताओं की सीमाओं को तोड़ते जाऊंगा और आपको कभी निराश नहीं करूंगा।''

इतने वर्षों में मैंने कभी टेड हेमिलटन की आंखों में आंसू नहीं देखे थे। मगर जेसन से आश्वासन मिलने के बाद मानो उनके दिल पर से कोई बड़ा बोझ हट गया हो इसलिए उनकी आंखों से आंसू छलक आए। और इस दृश्य से मैं कैसे अछूता रह सकता था; मेरी भी आंखों में आंसू भर आए।

हमें सबसे बड़ा जो उपहार मिला है

वह हमारा जीवन ही तो है।

और जीवन सही मायने में एक

यात्रा ही तो है।

दो

अनोखा

उपहार

टेड हेमिलटन से मिलने के बाद हम लिमुजीन में बैठकर कुछ ही दूर आगे बढ़े थे कि जेसन को डायरियों के बीच एक डीवीडी नजर आयी। जेसन ने वह डीवीडी मुझे थमाते हुए कहा कि लिमुजीन के डीवीडी प्लेयर में उस डीवीडी को वे देखना चाहेंगे । मैंने अपने युवा बॉस की बात मानते हुए जैसे ही डीवीडी प्लेयर में डीवीडी को डालकर बटन ऑन किया तो स्क्रीन पर स्वर्गीय रेड स्टीवंस नजर आए ।

स्क्रीन पर रेड स्टीवंस को देखकर, हम तीनों एकाग्रचित हो गए । वे क्या संदेश देना चाहते हैं, यह जानने की तीव्र इच्छा हममें थी । रेड स्टीवंस के चेहरे पर मुस्कान बिखरी हुयी थी और वे एक क्षण तक कुछ सोचते रहे और फिर बोले –

''जेसन अब तक तुम मेरे विडियोज देख-देखकर थक चुके होंगे । तुम्हारे मन में यह सवाल उठ रहा होगा कि आखिर यह नया विडियो किस लिए? इसका क्या उद्देश्य है? और यह प्रश्न उठना उचित भी है ।

''अब तक तुमने जितने भी विडियोज देखे वे बिजनेस से संबंधित थे। उनको देख-सुनकर तुमने बिजनेस से संबंधित मेरे विचारों को जाना-समझा होगा । मगर मेरा मानना है कि इंसान अपने व्यावसायिक जीवन में तभी सच्ची प्रगति कर सकता है जब वह अपने व्यक्तिगत जीवन में भी लगातार प्रगति करता रहे । जितना महत्वपूर्ण व्यवसाय का विकास है उससे कहीं ज्यादा महत्वपूर्ण खुद का विकास है । इसी उद्देश्य को लेकर

मैंने कुछ और विडियोज तैयार किए हैं । और इसी उद्देश्य के तहत मैं अपनी डायरियां भी तुम्हारे लिए छोड़ गया हूं ।''

''तुम्हारे हाथों में जो डायरियां हैं, उन्हें मेरे सिवा कभी किसी ने नहीं पढ़ा । उनमें मेरे निजी विचार दर्ज हैं । और सच कहूं तो इन डायरियों को तुम्हारे सुपुर्द करने से पहले मुझे पचास बार सोचना पड़ा । वह तो मेरे मित्र टेड हेमिलटन की जिद थी कि ये डायरियां मैं तुम्हारे हवाले कर दूं और उनकी बातों को टालना मेरे लिए संभव नहीं है । क्योंकि वे जब भी कोई प्रस्ताव रखते हैं, बहुत सोच-समझकर रखते हैं । उनका यह तर्क था कि मेरी डायरियों को पढ़कर तुम जीवन के विभिन्न पहलुओं के बारे में बहुत कुछ जान-समझ पाओगे । ये डायरियां तुम्हारा मार्गदर्शन करेंगी ।''

''मुझे नहीं मालूम ये डायरियां तुम्हारा कितना मार्गदर्शन करेंगी, क्योंकि मुझे नहीं मालूम कि मेरे विचार आने वाले कल में कितने प्रासंगिक होंगे ! लेकिन साथ में यह भी सच है कि हर इंसान का यह कर्तव्य बनता है कि वह अपने बाद की पीढ़ी के साथ अपने ज्ञान और अनुभव साझा करे । इसी तरह एक पीढ़ी से दूसरी पीढ़ी तक ज्ञान का संचार होता है । अपने इसी कर्तव्य को निभाने के उद्देश्य से मैं ये डायरियां तुम्हें सौंप रहा हूं और साथ ही इस डीवीडी में जीवन के विभिन्न पहलुओं पर तुम मेरे विचारों को देख-सुन पाओगे ।''

इसके बाद स्क्रीन पूरी तरह ब्लैंक हो गया और लिमुजीन के भीतर कुछ देर के लिए सन्नाटा पसरा रहा । मैंने आईने में जेसन और एलेक्सिया

के चेहरों को देखा। एलेक्सिया जेसन को एकटक देख रही थीं और जेसन किसी गंभीर चिंतन में पड़े थे। कुछ देर यूं ही खामोश रहने के बाद वे बोले, ''इतना साफ है कि ये डायरियां मेरी जिंदगी को हमेशा के लिए बदल देंगी। अपने दादा के विचारों के बीच से गुजरना मानो एक ऐसी यात्रा होगी जो मुझे लगातार झकझोरती रहेगी। लेकिन मैं इस यात्रा में अपने कदम बढ़ाने के लिए तैयार हूं।''

जीवन की सबसे सार्थक यात्रा

वह होती है जिससे

हमारे कार्य की सिद्धी होती है।

तीन

कार्य-सिद्धी के लिए यात्रा

उस शनिवार की शाम जेसन ने यह फैसला किया कि वे अपना वीकेन्ड एलेक्सिया के साथ समुद्र किनारे अपने बंगले में बिताएंगे। वे लिमुजीन की पिछली सीट पर बैठे थे और मैं हमेशा की तरह लिमुजीन ड्राइव कर रहा था। मैंने आईने में देखा कि दोनों रेड स्टीवंस की डायरियों में डूबे हुए थे। वे उनके पन्ने पलट रहे थे और पेंसिल से महत्वपूर्ण बातों को अंडरलाइन कर रहे थे।

जेसन ने एलेक्सिया से कहा, "मैं खास तौर से काम के बारे में अपने दादा के विचार जानना चाहता हूं, क्योंकि उनसे ज्यादा कर्मठ व्यक्ति मैंने अपने जीवन में नहीं देखा। मैंने जब भी उन्हें देखा कोई न कोई काम करते हुए ही देखा।"

एलेक्सिया मुस्कुरायी और बोली, "इस मामले में तुम भी अपने दादा पर ही गए हो। तुम कब चैन से बैठते हो ?" एलेक्सिया की बात सुनकर जेसन हंस दिए। उन्होंने वह डीवीडी निकाली जिसमें उनके दादा ने काम के बारे में अपने विचार व्यक्त किए थे और उस डीवीडी को लिमुजीन के डीवीडी प्लेयर में डालने के बाद स्वीच ऑन कर दिया। और रेड स्टीवंस एक बार फिर स्क्रीन पर आकर अपने पोते को संबोधित करने लगे।

''जेसन, अक्सर मेरे परिवार की मुझसे यह शिकायत रही है कि मैं उनके लिए पर्याप्त समय नहीं निकाल पाया । उनकी यह शिकायत जायज भी है । जितना समय मुझे अपने परिवार को देना चाहिए था, उतना समय मैं नहीं दे पाया । तुम जब बड़े हो रहे थे, मैं उतना समय तुम्हारे साथ नहीं बिता पाया जितना कि एक दादा को अपने पोते के साथ बिताना चाहिए था ।''

''मगर तुम्हें यह समझना चाहिए कि काम करने की आदत मुझे बहुत कम उम्र में लग चुकी थी । इसका स्पष्ट कारण यह था कि कड़ी महनत करने के सिवा मेरे पास कोई चारा नहीं था क्योंकि मैं बहुत गरीबी से ऊपर उठा हूं । मैं अगर काम नहीं करता तो कहीं का नहीं रहता, क्योंकि हमारा परिवार इतना गरीब था कि मुझे पढ़ाई बीच में ही छोड़नी पड़ी और परिवार में हर कोई भर पेट खा सके इसके लिए मैं दिहाड़ी का काम तलाशने लगा । मैं एक दैनिक मजदूर बन गया । अब तुम मेरी दिन-रात काम करने की आदत का कारण समझ सकते हो ।''

रेड स्टीवंस के अंतिम वाक्य के पूरा होते-होते जेसन ने डीवीडी प्लेयर बंद कर दिया । मैंने आईने में देखा कि वे बेहद विचलित नजर आ रहे थे । कुछ क्षण वे अवाक बैठे रहे, फिर उन्होंने एलेक्सिया से कहा, ''मेरे दादा दिहाड़ी का काम करते थे ! वे एक मजदूर थे ! मुझे यह पता ही नहीं था ।'' यह कहने के बाद जेसन काफी देर तक चुप रहे, गहरे चिंतन में डूबे रहे, फिर अपनी चुप्पी तोड़ते हुए बोले, ''एलेक्सिया, मैं तुम्हें बता नहीं सकता कि मैं कैसा अपराध बोध महसूस कर रहा हूं ।

आज मैं जिस बिजनेस एम्पायर का सर्वेसर्वा बनकर बैठा हूं; उसकी शुरुआत आज से साठ–सत्तर साल पहले मेरे दादा ने एक मजदूर के रूप में की थी । आज स्टीवंस परिवार जिन सुख–सुविधाओं का भोग करता है, उनके पीछे मेरे दादा का खून–पसीना बहा है ।''

जेसन की बातें सुनकर मुझे कितनी खुशी हुयी मैं इसका वर्णन नहीं कर सकता । आखिर स्टीवंस परिवार में एक तो व्यक्ति निकला जिसे इस बात का एहसास हुआ कि उन्हें सुख–सुविधाओं और संपन्नता से भरा जीव न उपलब्ध कराने के लिए रेड स्टीवंस ने आजीवन अपना खून–पसीना बहाया था । स्टीवंस परिवार के अधिकांश लोग ऐशो–आराम को अपना हक समझते थे और स्वर्गीय रेड स्टीवंस के प्रति उनमें जरा भी कृतज्ञता का भाव नहीं था । इस स्थिति को देखकर मैं बड़ा परेशान रहता था, मगर आज जेसन स्टीवंस के मुंह से अपने दादा के प्रति कृतज्ञता भरे शब्द सुनकर मुझे एक प्रकार की राहत महसूस हुयी, क्योंकि मैं वर्षों से इस दिन के इंतजार में था कि स्टीवंस परिवार का कोई तो व्यक्ति रेड स्टीवंस के प्रति कृतज्ञता दिखाए और आभार प्रकट करे ।

इस बीच जेसन डायरियों के पन्ने पलटकर उन पंक्तियों को रेखांकित कर रहे थे जिनमें रेड स्टीवंस ने काम के बारे में अपने विचार व्यक्त किए हैं । वे एलेक्सिया से बोले, ''वे सबसे पहले काम को लेकर अपने विचार १६ अक्टूबर, १९३७ के दिन इस डायरी में दर्ज करते हैं । मैं तुम्हें पढ़कर सुनाता हूं ।''

''मुझे घर छोड़े हुए कुछ ही महीने हुए हैं मगर ऐसा लगता है कि मैं सदियों से अपने परिवार से दूर हूं । मुझे दिन-रात उनकी याद सताती है और मन करता है कि मैं दौड़कर उनके पास चला जाऊं, मगर जा नहीं सकता, क्योंकि मैं जानता हूं कि एक-एक पाई जो मैं कमाऊंगा, मेरे परिवार के लिए मूल्यवान होगा ।''

''आज मैं सुबह से लेकर शाम तक उस चौक पर खड़ा रहा जहां दिहाड़ी के लिए मजदूर एकत्रित होते हैं, मगर मुझे कोई काम नहीं मिला । मेरे साथ कुछ ऐसे हट्टे-कट्टे जवान भी दिन भर खड़े रहे जो आज कुछ कमाकर नहीं ले जाएंगे तो उनका परिवार भूखे सोएगा । मैं अपने बारे में सोचने से ज्यादा उनके बारे में सोच-सोचकर परेशान हो रहा हूं । खाने के लिए बैठा तो मुंह में एक निवाला भी नहीं गया ।''

स्वर्गीय रेड स्टीवंस की डायरी की इन पंक्तियों को सुनकर मैं भीतर से हिल गया क्योंकि ये पंक्तियां मेरे अतीत का भी आईना थीं । मुझे अपने पुराने दिन याद आ गए जब मैं काम के लिए तरसता था और मुझे काम नहीं मिलता था । वह तो ईश्वर की कृपा थी जो उसने मुझे रेड स्टीवंस से मिलाया और मरते दम तक उन्होंने मुझे अपने साथ रखा और मेरी हर आवश्यकता को पूरा किया ।

एलेक्सिया एक दूसरी डायरी के पन्नों को पलट रही थीं जो कि हाल के वर्षों की थी कि अचानक उनकी आंखों में चमक आ गयी । वे उत्साहित होकर जेसन से बोलीं, ''इस पन्ने पर तो तुम्हारा नाम है । उन्होंने

तुम्हारे बारे में कुछ लिखा है ।'' यह सुनते ही जेसन ने कहा, ''मुझे पढ़कर सुनाओ ।'' एलेक्सिया, जेसन के बारे में स्वर्गीय रेड स्टीवंस के विचार पढ़ने लगीं –

''मैंने आज फिर 'गस काल्डवेल' को फोन करके कहा कि वह जेसन के साथ सख्ती से पेश आए । मैंने उसके पास जेसन को काम करने के लिए इसलिए भेजा है ताकि वह एक आम कर्मचारी की तरह काम करने की आदत डाले, संघर्ष करने की तथा जिम्मेदारियां पूरी करने की आदत डाले । अनुशासन का महत्व समझें । और यह सब अपनी कंपनी में काम करके वह नहींह्व सीख सकता इसलिए मैंने गस काल्डवेल से कहा कि वह जेसन को अपनी कंपनी में काम पर रखे । लेकिन मैं देख रहा हूं कि गस उसके साथ वह बर्ताव नहीं करता जो एक आम कर्मचारी के साथ करना चाहिए । गस उसे कर्मचारी कम और अपने मित्र का पोता अधिक समझता है । ऐसी स्थिति में भला जेसन क्या सीख पाएगा ?''

''मैं स्पष्ट तौर पर देख रहा हूं कि जेसन बड़ा प्रतिभावान है मगर उसमें परिपक्कता की कमी है । उसे सही प्रशिक्षण की आवश्यकता है ताकि वह जीवन को गंभीरता से लेना सीख सके । इसी उद्देश्य के तहत मैंने उसे गस काल्डवेल के पास भेजा था । मगर मैं देख रहा हूं कि मेरा उद्देश्य पूरा नहीं हो रह। है । और इसके लिए मुझे निराशा जेसन से नहीं है, बल्कि गस काल्डवेल से है, क्योंकि उसे तो मेरा उद्देश्य समझना चाहिए था । मेरे तमाम अनुरोधों के बावजूद, पता नहीं क्यों वह जेसन के साथ सख्ती से

पेश नहीं आ रहा है। इस तरह तो मेरे होनहार पोते का समय बर्बाद होगा, और कुछ नहीं।''

एलेक्सिया ने जब पढ़ना बंद किया तो वह कुछ सहमी सी नजर आ रही थीं। शायद उन्हें यह महसूस हो रहा था कि उन्होंने जो कुछ पढ़कर सुनाया, जेसन को अच्छा नहीं लगा होगा। वे जेसन के भाव जानने के लिए उनकी तरफ मुड़ीं तो देखा कि जेसन मुस्कुरा रहे थे। एलेक्सिया को बड़ी राहत महसूस हुयी। वे बोलीं, ''मैं तो सोच रही थी कि तुम्हें बुरा लगा होगा।'' जेसन जोर से हंसे और फिर बोले, ''बुरा क्यों लगेगा ? दादाजी ने जो कुछ लिखा है, उनका एक-एक शब्द सच है। मैं खुद मानता हूं कि मैं एक बड़ा ही गैर जिम्मेदार व्यक्ति था। गस काल्डवेल के पास काम पर भेजने से पहले दादाजी ने मुझे घंटों बिठाकर समझाया था कि वहा जाकर मुझे एक आम कर्मचारी की तरह काम करना है। अपने काम में जरा भी कोताही नहीं बरतनी है क्योंकि इसी पर निर्भर करेगा कि मैं कितना कुछ सीख पाता हूं और कितना लायक बन पाता हूं। मगर सच तो यह है कि मैंने दादाजी की बातों को गंभीरता से लिया ही नहीं।

मैं इस बात को पचा नहीं पा रहा था कि एक अमीर घर का होने के बावजूद मुझे एक आम कर्मचारी की तरह काम करना पड़ेगा। मैं भीतर ही भीतर दादाजी के प्रति बेहद क्रुद्ध था। उनके तमाम तर्क मुझे निराधार लग रहे थे और मैं यह सोच रहा था कि मेरे दादा मुझे अनावश्यक तकलीफ दे रहे हैं। मैं बड़े मजे से जी रहा हूं और ये हैं कि मेरे मजे में खलल डाल रहे हैं।

जब मैं गस काल्डवेल से मिलने गया तो मैंने उनसे यह स्पष्ट कह दिया कि मैं उनके यहां काम करने नहीं आया हूं । जिस ट्रेनिंग के लिए मेरे दादा ने उनके पास भेजा है, मुझे उस ट्रेनिंग की कोई जरूरत नहीं, क्योंकि आज न कल मुझे अपने दादा की किसी कंपनी को चलाना है, मुझे कहीं नौकरी नहीं करनी है, जो मैं उनके यहां नौकरी की ट्रेनिंग लूं । इसलिए बेहतर यही होगा कि वे मुझे कोई जिम्मेदारी न दें और मुझे सिर्फ कुछ दिनों के लिए उनके यहां टाइम पास करने दें ।

गस काल्डवेल ने मेरी बातों को बड़े ध्यान से सुना और फिर वे मुस्कुराकर बोले, "मैं यह नहीं समझ पा रहा हूं कि मैं तुम्हारी बात मानूं या फिर तुम्हारे दादा की ? तुम जिम्मेदारी नहीं लेना चाहते और तुम्हारे दादा ने मुझसे कहा है कि मैं तुम्हें कठिन से कठिन जिम्मेदारी दूं । खैर मैं यहां तुम्हारा साथ देना उचित समझता हूं क्योंकि मेरा मानना है कि हम जोर–जबरदस्ती करके किसी को कुछ सिखा नहीं सकते । जब तुम्हारे मन में यह इच्छा होगी कि तुम कोई जिम्मेदारी उठाना चाहते हो, तो मुझसे कह देना और मैं तुम्हें कोई जिम्मेदारी सौंप दूंगा । तब तक के लिए तुम मेरे ऑफिस में आकर अपना समय व्यतीत कर सकते हो, ताकि तुम्हारे दादा का यह भ्रम बना रहे कि उनका पोता काम कर रहा है और कुछ सीख रहा है ।"

मेरी इच्छा का खयाल रखते हुए गस काल्डवेल ने मुझे कोई जिम्मेदारी नहीं दी और उनके ऑफिस में मैं बड़े आराम से पूरा दिन

व्यतीत करता और शाम को घर लौट आता । रात को दादाजी आकर मुझसे दिन भर के काम के बारे में पूछते और मैं उन्हें तरह-तरह की झूठी कहानियां सुनाता । जो काम ऑफिस में मैं दूसरों को करते हुए देखता, जिनके बारे में मुझे थोडी-बहुत जानकारियां हो गयी थीं, उन्हीं के बारे में मैं किस्से सुनाता कि कैसे तमाम मुश्किलों के बावजूद अमुक कार्य को संपन्न करने में मैं सफल हो पाया । मगर साथ ही मुझे यह आशंका रहती थी कि दादाजी मेरी बातों पर विश्वास नहीं कर रहे हैं । वे बहुत दुनिया देख चुके हैं और मेरा झूठ पकड़ रहे हैं ।

और एक दिन कि बात है कि जब उन्होंनें मुझे रंगे हाथों पकड़ लिया। हुआ यूं कि मैं उस दिन गस काल्डवेल के ऑफिस में बैठे-बैठे बड़ा ऊब महसूस कर रहा था । मैंने उस दिन ऑफिस में ही बीयर मंगवायी और तीन-चार बोतल गटक गया । इसके बाद मैंने भर पेट बर्गर खाया और मुझे बड़ी नींद आने लगी । मैंने देखा कि एक केबिन खाली पड़ा था। उसी में जाकर कुर्सी पर धंस गया । अपनी दोनों टांगों को मेज पर पसारकर मैं गहरी नींद डूब गया ।

काफी देर तरह-तरह के सपने देखने के बाद मुझे लगा कि मेरे दादाजी सपने में आकर मुझे पुकार रहे हैं । वे मुझे डपट रहे हैं । मगर जब मुझे झकझोरकर उठाया गया तब मैं समझ पाया कि मेरे दादा सपने में नहीं उसी केबिन में खड़े होकर मुझपर बरस रहे थे । उनके साथ खड़े थे गस काल्डवेल, जो कि मेरी वजह से बड़ी शर्मिंदगी महसूस कर रहे थे।''

अपने अतीत के बारे में इतना कुछ बताने के बाद जेसन स्टीवंस कुछ देर मौन बैठे रहे । लिमुजीन के भीतर खामोशी पसरी रही और एलेक्सिया ने उस खामोशी को तोड़ते हुए जेसन से पूछा, ''मगर जेसन मैं तुम्हें जब से जानती हूं, तुम्हें एक बेहद जिम्मेदार इंसान के रूप में जानती हूं । तुम्हारे भीतर यह बदलाव कब आया ?'' जेसन ने उत्तर दिया, ''मैं समझता हूं कि मेरे भीतर जिम्मेदारी के एहसास का बीज उसी दिन पड़ा, जिस दिन दादाजी ने मुझे बीयर के नशे में धुत होकर गस काल्डवेल के ऑफिस में सोते हुए पाया । क्योंकि यह सच है कि उस दिन मैंने अपने भीतर बेहद अपराध बोध महसूस किया था । मैंने यह महसूस किया कि दिन के समय में जब पूरी दुनिया काम करती है, मैं नींद लेता हूं, जो कि सरासर गलत है । जिस ऑफिस में दुनियाभर के काम-काज होते हैं, उसमें मैं टांगे पसारकर गहरी नींद में डूब जाता हूं, जो कि एक महापाप है। उसी दिन से मेरे भीतर परिवर्तन होने लगा ।''

जेसन की बातें ध्यानपूर्वक सुनने के बाद एलेक्सिया ने जेसन से कहा, ''मैं समझती हूं कि तुम्हारे दादा तुम्हें जो सीख देना चाहते थे, उसमे वे पूरी तरह सफल हुए । आज के समय में तुमसे ज्यादा जिम्मेदार आदमी ढूंढ़ने से नहीं मिलेगा ।''

एलेक्सिया के मुंह से अपनी प्रशंसा सुनकर जेसन कुछ शर्मा से गए और उत्तर में उन्होंने कुछ नहीं कहा; बस एक क्षण के लिए सिर नीचे कर के मुस्कुराए और फिर डीवीडी प्लेयर का स्विच ऑन कर दिया ताकि

काम को लेकर अपने दादा के विचारों को आगे सुन सकें । स्वर्गीय रेड स्टीवंस पुनः स्क्रीन पर प्रकट हुए और उनके मुंह से निकलने वाले शब्द कुछ इस प्रकार से थे :

''मैं जब कहता हूं कि जिंदगी में काम करने की आदत डालना जरूरी है तो इसके पीछे क्या कारण हो सकते हैं ? सर्वप्रथम तो हम संघर्ष करना सीख पाते हैं और दूसरा हम अनुशासन का महत्व समझ पाते हैं ।

इन दोनों गुणों को आत्मसात किए बिना हम जीवन में कहीं नहीं पहुंच सकते । हम कोई लक्ष्य पूरा नही कर सकते; हम कोई सपना साकार नहीं कर सकते । मैंने अपनी जिंदगी में देखा है कि बहुत से ऐसे लोग जो बेहद प्रतिभावान और गुणी थे लगातार असफलता का मुंह देखते रहे । उन्होंने बहुत से भव्य और क्रांतिकारी सपने देखे, अपने लिए और समाज के लिए भी, मगर उन सपनों को वे पूरा नहीं कर सके । इसके पीछे सबसे बड़ा कारण यही था कि वे संघर्ष करने से कतराते थे । हमारे भीतर चाहे लाख गुण क्यों न हो, मगर संघर्ष करने का गुण नहीं है तो वे लाखों गुण किसी काम के नहीं होते ।

मैं ऐसे भी लोगों को जानता हूं जो ज्यादा प्रतिभावान नहीं थे और न ही ज्यादा ज्ञानी थे, मगर इसके बावजूद उन्होंने जीवन में बड़ी से बड़ी सफलताएं अर्जित की; क्योंकि उनमें संघर्ष करने की क्षमता थी । उनका यह एक गुण उनकी तमाम कमियों पर भारी पड़ता था और वे लगातार अपने जीवन को नयी ऊंचाइयां प्रदान करते जाते थे ।

और जितना महत्वपूर्ण है संघर्ष करना उतना ही महत्वपूर्ण है अनुशासन रखना । बिना अनुशासन के हमारे तमाम संघर्ष, हमारी तमाम कोशिशें दिशाहीन रहती हैं, इसलिए कभी फलिभूत नहीं हो पातीं । अनुशासन हमारे प्रयासों को दिशा प्रदान करता है । हमें भटकने नहीं देता और हम अपनी क्षमता का भरपूर लाभ उठा पाते हैं । हम अपने समय और ऊर्जा को सही दिशा में लगा पाते हैं जिससे हमारी लगातार प्रगति संभव हो पाती है ।

अब प्रश्न यह उठता है कि अनुशासन और संघर्ष करने की आदत कैसे सीखी जाए ? कौन से अभ्यास किए जाए और कौन से सिद्धांतों को लेकर चला जाए ताकि ये दो महत्वपूर्ण गुण हम आत्मसात कर सकें ? ये प्रश्न हमें जटिल लग सकते हैं, मगर इनका उत्तर जटिल नहीं है । इनका उत्तर ढूंढ़ने के लिए यह जरूरी नहीं कि हम बड़ी–बड़ी थ्योरियां गढ़ने की कोशिश करें, क्योंकि इनका उत्तर सीधा और सपाट है । इनका उत्तर है – काम करो । जीवन में ज्यादा से ज्यादा काम करो और अधिक से अधिक काम में मन लगाओ ।

काम करते रहने से ही हम अनुशासन सीख पाते हैं और संघर्ष करना सीख पाते हैं । ये दोनों गुण आत्मसात करने के लिए हमें कुछ अलग से करने की जरूरत नहीं, काम ही हमें संघर्ष करना सिखाता है और अनुशासन भी सिखाता है । जितना हम काम करेंगे हम उतना अनुशासित होते जाएंगे और संघर्ष करने की क्षमता विकसित करते जाएंगे । इसलिए

काम करना जरूरी है । काम में ही हमारी अधिकांश समस्याओं का समाधान है और काम करते रहने से ही हम बहुत से हुनर सीख पाते हैं; बहुत गुणों को आत्मसात कर पाते हैं । और सबसे बढ़कर कर्मठ व्यक्ति को ही इस दुनिया में सच्चा सम्मान और प्रतिष्ठा हासिल होती है । इसीलिए मैं सबसे कहता हूं– आराम नहीं काम करो ।''

ये आखिरी वाक्य कहते हुए रेड स्टीवंस मुस्कुरा दिए और इस बीच लिमुजीन काफी देर से समुद्र तट के बंगले के परिसर में खड़ी रही। जेसन और एलेक्सिया, स्वर्गीय रेड स्टीवंस के विचारों को सुनने में इतने मग्न थे कि उन्हें यह एहसास ही नहीं हुआ कि हम काफी देर पहले ही उनके बंगले पर पहुंच चुके हैं । और मैंने भी इस ओर उनका ध्यान आकृष्ट नहीं किया क्योंकि रेड स्टीवंस की उदात्त बातों को ध्यानपूर्वक सुनने का अवसर मैं खोना नहीं चाहता था ।

जब जेसन और एलेक्सिया गाड़ी से उतरने लगे तो एलेक्सिया ने जेसन से कुछ दुखी मन से कहा, ''काम के बारे में दादाजी के विचार सुनने के बाद मुझे बड़ी ग्लानि हो रही है कि हम वीकेंड बिताने यहां आए हैं । हमें यह समय किसी काम में लगाना चाहिए था ।'' यह सुनकर जेसन थोड़ा मुस्कुराए और बोले, ''एलेक्सिया तुम्हें ग्लानि महसूस करने की जरूरत नहीं क्योंकि दादाजी परिवार के साथ समय बिताने को भी बड़ा महत्व देते थे । इस विषय पर जब तुम उनके विचार सुनोगी तो समझ पाओगी कि हमारा यहां वीकेंड बिताना कितना सही फैसला है ।''

जेसन की बातें सुनकर मुझे अक्सर यह हैरानी होती है कि यह लड़का पूरी तरह अपने दादा पर गया है। जिस तरह रेड स्टीवंस दूसरों को अपनी बातें बड़ी आसानी से समझा देते थे, जेसन भी इस कला में महारत हासिल कर चुके हैं। जेसन की बातें सुनकर एलेक्सिया की ग्लानि दूर हुयी और दोनों पति–पत्नी खिलखिलाते हुए बंगले के भीतर प्रवेश कर गए।

वह पैसा ही है जो हर यात्रा को आसान

बनाता है और उसकी कमी

हर यात्रा को मुश्किल बना देती है।

चार

धन-प्राप्ति की यात्रा

बहुत साल पहले कि बात है कि जब मुझे रेड स्टीवंस के पास नौकरी पर लगे हुए चंद महीने ही हुए थे। उन दिनों मैं अपना आधा से ज्यादा वेतन कपड़ों और जूतों पर खर्च कर देता था। मैं हर सप्ताह नए कपड़े और नए जूते खरीदता और उन्हें पहनकर बड़ा ही गर्व महसूस करता। मैं सोचता कि इतने बड़े आदमी का ड्राइवर हूं, इसलिए मुझे सजा-धजा रहना चाहिए।

और जिस दिन मैं नए कपड़े पहनकर ऑफिस जाता, रेड स्टीवंस भी मुझे बड़े गौर से देखते, इससे मेरी खुशी और बढ़ जाती। मैं मन ही मन सोचता कि बॉस मेरी भेश-भूषा की सराहना कर रहे हैं। निश्चय ही वे सोच रहे होंगे कि महंगे और अच्छे कपड़े पहनकर उनका ड्राइवर उनका सिर ऊंचा कर रहा है। और यह सिलसिला महीनों तक चलता रहा। मैं महंगे कपड़े खरीदता गया और बदले में कंगाल होता गया।

इस बीच अपना शौक पूरा करने के लिए मैं ऑफिस से एडवांस वेतन भी उठाने लगा। धीरे-धीरे यह बात रेड स्टीवंस के कानों तक पहुंच गयी। एक दिन हम ऑफिस से उनके घर की तरफ जा रहे थे तो उन्होंने मुझसे पूछा, ‘‘जिम, तुम्हें किसी प्रकार की तकलीफ तो नहीं है? क्या तुम अपने वेतन से संतुष्ट हो?’’ रेड स्टीवंस के इस प्रश्न से मैं यह समझ गया कि वे वेतन एडवांस में उठाने की मेरी आदत के बारे में जान चुके हैं। ऑफिस के हर कर्मचारी को यह याद रखना चाहिए कि बॉस से कोई बात

छिपती नहीं । मैं एक पल के लिए सोचता रहा कि बॉस को क्या उत्तर दूं और क्या नहीं; फिर बड़े ही संकोच के साथ मैंने कहा कि अगर मेरा वेतन थोड़ा बढ़ा दिया जाए तो मैं काफी बेहतर स्थिति में आ जाऊंगा । इसके उत्तर में वे थोड़ा मुस्कुराए और फिर कहा कि कल इस विषय पर हम चर्चा करेंगे ।

अगले दिन जब बॉस के बुलावे पर मैं उनके केबिन में उनसे मिलने गया तो उन्होंने मुझे सामने वाली कुर्सी पर बैठने को कहा । मैं कुछ सकुचाते हुए कुर्सी पर बैठ गया । उनके सामने कुर्सी पर बैठकर मैं असहज महसूस कर रहा था, क्योंकि उनके सामने बैठने की मेरी आदत नहीं थी।

पल भर के लिए वे कुछ सोचते रहे, फिर अपनी गहरी दृष्टि मुझ पर डालते हुए कहा, ''जिम, जब तुम मेरी लिमुजीन ड्राइव करते हो, उस वक्त तुम सिर्फ मेरे ड्राइवर नहीं मेरे सहयात्री भी हो जाते हो, क्योंकि हम एक साथ यात्रा करते हैं; और सहयात्री एक तरह से मित्र भी होता है । इसीलिए मैंने लिमुजीन के अंदर तुम्हारे वेतन संबंधित फैसला करना उचित नहीं समझा और तुम्हें अपने केबिन में बुलाया है ताकि तुमसे खुलकर चर्चा कर सकूं और तुम्हारी तकलीफों को दूर करने के लिए सही फैसला ले सकूं ।''

इतना बोलने के बाद वे फिर कुछ पल के लिए मौन रहे और फिर मुझसे पूछा, ''जिम, हर महीना तुम कितना पैसा बचा लेते हो ?''

मेरा उत्तर था, ''मैं एक पैसा भी नहीं बचा पाता हूं सर ।''

मेरा उत्तर सुनकर रेड स्टीवंस मुस्कुराए और कहा, ''मैं जानता था कि तुम यही उत्तर दोगे । जिम तुमने कभी मेरे कपड़ों और जूतों पर गौर किया है ? क्या मैं रोज नए कपड़े और जूतें पहनता हूं ?''

मैने कहा, ''नहीं सर; लोग कहते हैं कि आपके कपड़े तो बरसों पुराने हैं ।''

रेड स्टीवंस मेरी बात सुनकर जोर से हंसे और फिर कहा, ''तुमने ठीक ही सुना है कि मेरे यह कपड़े वर्षों पुराने हैं । समझदार के लिए इशारा ही काफी हौता है जिम । तुम्हारी इच्छा है तो अगले महीने से मै तुम्हारा वेतन बढ़ा दूंगा, मगर याद रखना इससे तुम्हारी तकलीफें दूर नहीं होंगी क्योंकि समस्या यह नहीं कि तुम कम कमाते हो । समस्या यह है कि तुम फिजूलखर्ची करते हो और बचत नहीं करते । याद रखना हम कितना कमाते हैं उससे ज्यादा मायने यह रखता है कि हम कितना बचाते हैं । क्योंकि जो पैसा बच गया वही भविष्य में हमारे काम आता है, जो खर्च हो गया, उसका हमारे भविष्य में कोई योगदान नहीं होता ।''

मैं वर्षों पहले की इन बातों को याद करके मन ही मन रेड स्टीवंस के प्रति आभार प्रकट कर रहा था । मैं सोच रहा था कि यदि उन्होंने मुझे सही मार्गदर्शन नहीं दिया होता तो मैं फिजुलखर्ची की आदत के चलते लगातार बर्बादी की दिशा में बढ़ता रहता । उन दिनों मैं युवा था और युवावस्था में ही सबसे ज्यादा सही मार्गदर्शन की आवश्यकता होती है । स्वर्गीय रेड स्टीवंस का मैं हार्दिक रूप से कृतज्ञ क्यों हूं ? सिर्फ इसलिए

नहीं कि उन्होंने मेरी हर जरूरत पूरी की, बल्कि इसलिए भी कि उन्होंने जीवन के हर मोड़ पर सही रास्ता दिखाया ।

जब मैं रेड स्टीवंस की नौकरी पर लगा था तो मैं युवाह्रथा, नासमझ था और जीवन में गलत चीजों को प्राथमिकता देता था । उन्होंनें मेरी प्राथमिकताएं सही कीं, मुझे सही और गलत के बीच में फर्क करना सिखाया और सबसे बढ़कर मुझे इतना स्नेह दिया कि मुझे कभी यह महसूस ही नहीं हुआ कि मैं अपने बॉस की गाड़ी चला रहा हूं । मैं हमेशा यह समझता रहा कि मैं अपनी गाड़ी चला रहा हूं ।

मैं पुराने दिनों की यादों में खोया हुआ था कि इस बीच जेसन स्टीवंस लिमुजीन की पिछली सीट पर आकर बैठ चुके थे । जब उन्होंने मेरा नाम पुकारा तो मैं वर्तमान में लौट कर आया । मैंने गाड़ी शुरू की और हम स्टीवंस चैरिटेबल संस्थान की ओर चल पड़े जहां एलेक्सिया हमारा इंतजार कर रही थीं । जब जेसन ऑफिस में काम करते हैं, एलेक्सिया अपना दिन का समय स्टीवंस चैरिटेबल संस्थान को देती हैं, जिसकी स्थापना स्वर्गीय रेड स्टीवंस ने की थी । यह संस्थान चैरिटी और परोपकार के लिए विश्व विख्यात है । लाखों परिवारों को इस संस्थान ने संकट से उबारा है और लाखों लोगों के जीवन को नयी दिशा दी है ।

एलेक्सिया जब लिमुजीन में आकर बैठीं तो उनके चेहरे से मुस्कान गायब थी जो कि हमेशा उनके चेहरे पर पसरी हुयी रहती है । वे कुछ परेशान नजर आ रही थीं और उनकी यह स्थिति देखकर जेसन भी परेशान

हो गए। उन्होंने एलेक्सिया से परेशानी का कारण पूछा तो एलेक्सिया ने रेड स्टीवंस की वह डायरी उन्हें थमा दी जिसे वह पढ़ रही थीं। एलेक्सिया ने डायरी का वह पन्ना जेसन को पढ़ने को दिया जिसने उन्हें बेहद विचलित किया था। जेसन उस पन्ने को पढ़ने लगे।

''जनवरी १४, १९३४.

घर में खाने के लिए एक दाना भी नहीं है और कुछ खरीदने के लिए एक कौड़ी भी नहीं है। मां-पिताजी इतने परेशान हैं कि पूछो मत। मैं आज काम ढूंढ़ने गया था मगर जब बड़ों के लिए काम नहीं है तो बच्चों को कौन काम देगा। लाख कोशिशों के बावजूद मैं अपने परिवार के लिए कुछ नहीं कर पा रहा हूं। मैं इतनी शर्मिंदगी महसूस करता हूं कि मैं अब लोगों से आंख नहीं मिला पाता।''

१९३४ में जब रेड स्टीवंस किशोरावस्था में थे, तब उन्होंने उपरोक्त बातें अपनी डायरी में दर्ज की थी। और आज उन वाक्यों को जेसन के मुंह से सुनकर मैं भी विचलित हो उठा था। मैं सोच रहा था कि आखिर वह कैसा दौर था जब लोगों के पास काम नहीं था और लोग अपने परिवार को भरपेट नहीं खिला पा रहे थे। और आज का दौर है कि काम की कमी नहीं है मगर लोग काम करना ही नहीं चाहते।

कुछ देर तक लिमुजीन में खामोशी पसरी रही फिर इस खामोशी को तोड़ते हुए एलेक्सिया ने डायरी के एक पन्ने में से कुछ पढ़ना शुरू किया:

''सितम्बर २, १९३७.

आज का दिन बड़ा ही भाग्यशाली रहा । खेतों में फसल की कटाई जोरों से चालू है और आज पूरे डेढ़ शिफ्ट का काम मुझे मिला । कुल कमाई एक डॉलर हुयी जिसमें से आधा डॉलर भोजन पर खर्च हुआ और आधा डॉलर मैं बचा पाया । उम्मीद है कि कुछ और दिनों तक इसी तरह काम मिलता रहा तो मैं अच्छी रकम घर भेज पाऊंगा ।''

एलेक्सिया ने जब पढ़ना बंद किया तो उनके चेहरे पर मुस्कान थी और जेसन का भारी मन भी हल्का हो चुका था और मैं भी बेहतर महसूस कर रहा था । हम तीनों आज से दशकों पहले के उस भाग्यशाली दिन में स्वर्गीय रेड स्टीवंस के साथ शामिल हो गए थे जब उन्हें सर्वप्रथम डेढ़ शिफ्ट का काम मिला था और उन्होंने एक डॉलर कमाया था जिसमें से आधा डॉलर उन्होंने परिवार को भेजने के लिए बचा कर रख लिया ।

इसके बाद जेसन ने डीवीडी प्लेयर में वह विडीयो लगाया जिसमें रेड स्टीवंस ने पैसे के महत्व को लेकर अपने विचार व्यक्त किए हैं । रेड स्टीवंस पुन: स्क्रीन पर प्रकट हुए और उनके मुंह से ये शब्द निकले :

''जेसन, पैसे के महत्व को लेकर अपने विचार रखने से पहले मैं सफलता के बारे में कुछ कहना चाहूंगा क्योंकि पैसे और सफलता का

सीधा संबंध है । सफलता अपने साथ पैसा भी लेकर आती है और असफलता पैसे को अपने से दूर छिटका देती है । इसलिए सफलता बहुत ही महत्वपूर्ण है । अब प्रश्न यह है कि किस प्रकार की सफलता महत्वपूर्ण है – छोटी या बड़ी ? मेरी नजर में छोटी सफलता ज्यादा महत्वपूर्ण है क्योंकि छोटी सफलताएं ही हमें बड़ी सफलता की ओर ले जाती हैं । इसलिए हमारा फोकस छोटी सफलताओं पर होना चाहिए ।

छोटी सफलताएं, बड़ी सफलताओं के लिए सीढ़ी का काम करती हैं । अगर सीढ़ियां नहीं होंगी तो हम ऊपर नहीं चढ़ सकते । ऊंचाई पर नहीं पहुंच सकते । और यही बात अधिकांश लोग नहीं समझते । उनकी छोटी सफलताओं में कोई रूचि नहीं रहती और वे सिर्फ बड़ी सफलताओं का सपना संजोकर रखते हैं । वे उन सीढ़ियों को तैयार नहीं करते जिन पर चढ़कर वे ऊंचाई तक पहुंच सकते हैं, इसलिए जीवन भर कहीं पहुंच नहीं पाते । इसलिए मैं छोटी-छोटी सफलताओं को ज्यादा महत्व देता हूं । वे हमें बड़ी सफलताओं की ओर ले जाती हैं न कि हमारी बड़ी-बड़ी योजनाएं ।

अब मैं पैसे के महत्व के बारे में कुछ कहूंगा । मुझे याद है कि १९७१ में सबसे पहले फोर्ब्स मैगेजीन ने मेरा नाम अरबपतियों की सूची में शामिल किया था । इससे मेरे तमाम मित्र बेहद उत्साहित थे और वे बारी-बारी से मुझे बधाई देने के लिए आ जाते थे । मगर उन्हें यह देखकर हैरानी होती थी कि फोर्ब्स की अरबपतियों की सूची में शामिल होकर मैं जरा भी उत्साहित नहीं था ।

सच तो यह है कि अरबपति बनने का मैंने कभी सपना भी नहीं देखा था । मैं तो सिर्फ इतना पैसा कमाना चाहता था जिससे मैं अपने परिवार की हर जरूरत पूरी कर सकूं । जिन परिस्थितियों में मेरी परवरिश हुयी थी उसमें सबसे बड़ी चिंता अगले वक्त के भोजन की होती थी न कि अरबों रुपए कमाने की ।

अब तुम पूछोगे कि जब मैंने अरबपति बनने का सपना ही नहीं देखा था तो मैं अरबपति बन कैसे गया ? इसका उत्तर मैं पहले ही दे चुका हूं । मेरा पूरा फोकस छोटी-छोटी सफलताएं अर्जित करने पर था और वे जुड़कर बड़ी सफलताएं बनती गयीं । पैसा आता गया और इकट्ठा होता गया । मैं पैसे के पीछे नहीं भागा, बल्कि सफलताओं के पीछे भागता रहा और सफलताएं अपने साथ पैसा लाती रहीं ।

और सबसे बढ़कर मैं फिजूलखर्ची से जिंदगी भर बचता रहा हूं । मेरा बचपन बेहद गरीबी में बिता इसलिए मैं फिजूलखर्ची के बारे में सोच भी नहीं सकता था । फिजूलखर्ची को मैं एक तरह का पाप समझता था और बचत को बड़ा ही पुण्य का काम । और मेरी यह मानसिकता कभी बदली नहीं । मैं जिंदगी भर पैसे का सम्मान करता रहा ।

जेसन, मैं यह स्पष्ट तौर पर मानता हूं कि पैसा उसी को परेशान करता है जो पैसे का सम्मान नहीं करता । पैसा उन्हीं से छिटकता है जो पैसे से प्रेम तो करते हैं, मगर सम्मान नहीं करते । पैसा हमसे सम्मान चाहता है, प्रेम नहीं । पैसे से ज्यादा प्रेम करने वाले जीवन में हमेशा पैसे

की किल्लत झेलते हैं और पैसे को सम्मान के साथ रखने वाला व्यक्ति कभी पैसे की कमी नहीं झेलता। इसलिए पैसे को सम्मान देना जरूरी है, उसे सहेजकर और संभालकर रखना जरुरी है।''

इस अंतिम वाक्य को सुनने के बाद पता नहीं कैसे मेरा दाहिना हाथ स्टीयरिंग से हटकर अनायास ही मेरी जेब तक पहुंच गया और मैंने अपने पैसों पर एक नजर डालने के बाद उन्हें वापस अपनी जेब में रख दिया। मुझे अजीब सी संतुष्टि यह जानकर मिली कि मेरी जेब के पैसे सुरक्षित हैं। इतने वर्ष रेड स्टीवंस के साथ बिताने के बाद उनकी बहुत सी आदतें मैंने भी अपना ली थीं और पैसे को सम्मान करना मैंने उन्हीं से सीखा था। सच तो यह है कि मैं पैसे के मामले में इतना गैरजिम्मेदार था कि अगर जीवन में रेड स्टीवंस से नहीं मिला होता तो मैं भी उन्हीं लोगों में शामिल रहता जो जिंदगी भर कर्ज में डूबे रहते हैं।

वह यात्रा सबसे सुखद होती है

जिसमें मित्र आपके सहयात्री हों।

पांच

मित्रों के साथ

यात्रा

कहते हैं कि इंसान अपनी डायरी में वह राज दर्ज करता है जिसे वह किसी के साथ साझा नहीं करना चाहता। स्वर्गीय रेड स्टीवंस की डायरियों को पढ़ते हुए हमें एक ऐसे राज का पता चला जिसको जानकर कुछ देर के लिए हमारा दिमाग ही काम करना बंद कर गया। एलेक्सिया करीब चालीस वर्ष पुरानी रेड स्टीवंस की एक डायरी पढ़ रही थीं जिसमें रेड स्टीवंस के ये विचार दर्ज थे :

''१४ मई, १९७२.

आज का दिन एक मनहूस खबर देकर गया। टेड हेमिलटन की दोनों किडनी खराब हो चुकी हैं। डॉक्टर का कहना है कि यदि उनका किडनी ट्रांसप्लांट नहीं हुआ तो ज्यादा से ज्यादा वे एक साल जीवित रहेंगे।

१६ मई, १९७२.

आज के दिन को मैं अपनी जिंदगी का सबसे शुभ दिन कहूंगा। डॉक्टर, तमाम परिक्षण करने के बाद इस निष्कर्ष पर पहुंचे हैं कि मेरी एक किडनी टेड के शरीर में ट्रांसप्लांट की जा सकती है। हालांकि डाक्टरों का यह भी कहना है कि इसके बाद मुझे खान-पान के मामले में आजीवन परहेज बरतना होगा। लेकिन इसके बावजूद मैं बहुत खुश हूं क्योंकि एक किडनी के बिना तो मैं जी सकता हूं, मगर टेड जैसे मित्र के बिना नहीं जी सकता।''

इतना पढ़ने के बाद एलेक्सिया चुप हो गयीं । लिमुजीन के भीतर काफी देर तक सन्नाटा पसरा रहा । कोई यह समझ नहीं पा रहा था कि वह बोले तो क्या बोले । बहुत देर बाद जेसन के मुंह से ये शब्द निकले –

''दादाजी ने अपनी एक किडनी टेड हेमिलटन को दान किया था, इस बात की जानकारी न तो मुझे थी और न ही हमारे परिवार में किसी और को यह जानकारी थी । यह पूरा मामला दादाजी और उनके मित्र टेड हेमिलटन के बीच एक राज था जिसे तीसरा कोई नहीं जानता था । और अब हम तीन वह राज जान चुके हैं । अब हमारी यह कोशिश होनी चाहिए कि कोई चौथा इस राज को न जान सके, वरना दादाजी की आत्मा को दुख पहुंचेगा । इन दो महान बुजुर्गों के सम्मान में हमें यह राज अपने भीतर ही दफना देना चाहिए ।''

इसमें दो राय नहीं कि जेसन का यह सुझाव अत्यन्त ही विवेक-सम्मत था और इससे असहमत होने का तो प्रश्न ही नहीं उठता था । हम तीनों इस बात के प्रति वचनबद्ध हो गए कि हम तीनों के अलावा कोई चौथा व्यक्ति इस राज को कभी नहीं जान पाएगा ।

इस बीच मेरे मन में यह प्रश्न भी उठा कि जब लोग छोटी-छोटी सहायता भी करते हैं तो उसका ढिंढोरा लेकर पीटते हैं तब इतने बड़े बलिदान को रेड स्टीवंस ने सबसे क्यों छिपाया ? अपने परिवार को भी खबर क्यों नहीं होने दी ? स्पष्ट है कि रेड स्टीवंस के लिए दोस्ती का कुछ अलग ही महत्व था, जिसे समझना मेरे लिए बहुत ही मुश्किल था । मैं

इन प्रश्नों पर चिंतन कर ही रहा था कि इस बीच जेसन ने डीवीडी प्लेयर में वह विडीयो लगाया जिसमें स्वर्गीय रेड स्टीवंस दोस्ती के बारे में अपने विचार व्यक्त करते हैं, जो कि निम्नलिखित हैं :

''जेसन, आज के समय में जो बात मुझे सबसे ज्यादा तकलीफ देती है, वह यह कि लोगों के जीवन में से दोस्ती गायब होती जा रही है। हमारी पीढ़ी के साथ ऐसा नहीं था। हम दोस्ती के बिना तो जिंदगी की कल्पना भी नहीं कर सकते थे। दोस्ती हमारे लिए ऑक्सीजन के समान थी, जिसके बिना जिंदा रहना संभव नहीं।

आज के दौर में मैं देखता हूं कि इंसान एक दूसरे से इतना कटा-कटा रहता है कि दोस्ती पनपने की गुंजाइश ही नहीं बनती। लोग दूसरों को संदेह की नजर से देखते हैं इसलिए दोस्त बनाने को तैयार नहीं होते। ऐसा करके वे यह नहीं समझते कि खुद को वे कितने बड़े सुख से वंचित रख रहे हैं।

दोस्ती का सुख सबसे निराला होता है क्योंकि दोस्त हमारा आईना होता है। दोस्त हमें जो कह सकता है और सुना सकता है वह बाकी रिश्तों के लिए संभव नहीं है क्योंकि वे तमाम तरह की मर्यादाओं में बंधे रहते हैं। दोस्त हमारे साथ जितना बेपरवाह होता है वह बाकी रिश्ते नहीं हो सकते, इसलिए दोस्ती जरूरी है।

हमारी प्रगति के लिए और हमारे मानसिक स्वास्थ्य के लिए जितने आवश्यक दोस्त हैं उतने कोई नहीं हैं। दोस्तों से ही हमें नवीनतम

जानकारियां मिलती हैं और दोस्त ही हमें नए-नए प्रयोगों के लिए प्रेरित करते हैं। दोस्त ही हमारी असफलताओं के बावजूद हमारे कंधों पर हाथ रखकर हमारा हौसला बढ़ाते हैं और हमारे मानसिक स्वास्थ्य को बेहतर करते हैं।

दोस्त का बिछड़ना कितना तकलीफदेह होता है यह कोई जानना चाहे तो मुझसे जान सकता है। मैं आज लगभग नब्बे बरस का हूं और मैं अपने तमाम दोस्तों से ज्यादा जी चुका हूं। बारी-बारी से मेरे मित्र चल बसे और हर बार मैंने यह महसूस किया कि मेरा साया मुझसे बिछुड़ चुका है।

मेरा एक मित्र जो मेरी तरह लंबी पारी खेल पाया, वह है टेड हेमिलटन। और मैं हमेशा डरता रहता कि कहीं वह भी मुझे छोड़ कर न चला जाए। यह तो ईश्वर की कृपा है कि वह आज भी मेरी आंखों के सामने है। उसने मुझे दगा नहीं दिया है। मगर साथ में मैं यह भी सोचता हूं कि कहीं मैंने उसे दगा दे दिया तो ? कहीं मैं ही चल बसा तो ?''

यह अंतिम वाक्य सुनते ही पता नहीं जेसन को क्या हो गया कि उन्होंने विडीयो बंद कर दिया। इसके बाद वे कुछ देर तक मौन बैठे रहे। जाहिर है कि वे भीतर ही भीतर अनेक प्रश्नों के हल ढूंढ़ रहे थे। एलेक्सिया भी परेशान हो गयीं कि आखिर जेसन को हो क्या गया है, वे कुछ बोल क्यों नहीं रहे हैं। फिर एकाएक जेसन ने एक कागज के पुर्जे पर कुछ लिखा और मुझसे कहा कि हमें इस पते पर चलना है।

मैंने गाड़ी मोड़ी और हम उस पते की ओर चल दिए जो कि लगभग सौ मील दूर था। एलेक्सिया ने पूछा कि हम कहां जा रहे हैं ? जेसन ने उत्तर दिया कि हम जिम से मिलने जा रहे हैं। एलेक्सिया ने बड़ी हैरानी के साथ कहा कि जिम तो हमारे साथ हैं। वे गाड़ी ड्राईव कर रहे हैं। यह सुनकर जेसन जोर से हंसे और बोले कि वे एक दूसरे जिम की बात कर रहे हैं।

रास्ते में जेसन ने बताया कि यह 'जिम' उनका बचपन का मित्र है और उससे वे लगभग सात वर्ष से मिले नहीं हैं। पता नहीं क्या बात हुयी कि जिम ने अचानक उनसे मिलना-जुलना बंद कर दिया। और उन्होंने भी कारण समझने का प्रयास नहीं किया, मगर अभी अपने दादा की बातें सुनकर, जिम से मिलने की उन्हें तीव्र इच्छा हो रही है। वे तत्काल ही उसकी सारी गलतफहमियां दूर करना चाहते हैं, और उसे यह बताना चाहते हैं कि अपने जीवन में उसकी कमी उन्हें खल रही थी।

मगर जेसन की अपने पुराने मित्र से मिलने की इच्छा पूरी नहीं हुयी। उस पते पर पहुंचकर उन्हें पता चला कि उनके मित्र का परिवार वर्षों पहले शहर छोड़कर जा चुका है। और पड़ोस में रहने वाले लोग भी उनका पता बता नहीं सके।

हम जब लौट रहे थे तो मैंने देखा कि जेसन के चेहरे पर गहरे अवसाद के बादल छाये हुए थे। वे रास्ते भर यह सोचते हुए गए थे कि मिलते ही अपने मित्र के गले लग जाएंगे मगर गले से लगना तो दूर वे

उसकी छाया भी नहीं देख पाए । मानो अतीत की कोई बहुमूल्य वस्तु उनके हाथ में आते-आते पुन: छिटक गयी । उन्हें तड़पाकर हमेशा के लिए ओझल हो गयी ।

कुछ देर तक खामोश रहने के बाद जेसन बोले, ''मैं इस मित्र को दुबारा अपनी जिंदगी में लाकर रहूंगा । चाहे उसे खोजने में मेरी उम्र ही क्यों न बीत जाए, उसकी तलाश में मैं दुनिया का चप्पा-चप्पा छान डालूंगा ।'' उनकी यह प्रतिबद्धता देखकर, एलेक्सिया के साथ मैं भी अभिभूत हो गया । एलेक्सिया ने उनका मन हलका करने के लिए रेड स्टीवंस के उस वीडियो को दुबारा चालू कर दिया, जिसमें वे दोस्ती के बारे में अपने विचार प्रकट करते हैं, जो कि निम्नलिखित हैं :

''जब दोस्त हमसे बिछुड़ जाता है तो ऐसा महसूस होता है कि मानो हमारा एक अंग हमसे छिटक कर दूर हो गया है । हम खुद को अपंग महसूस करने लगते हैं क्योंकि दोस्त हमारी ताकत होता है । उससे बिछुड़ने पर हम खुद को शक्तिविहीन महसूस करते हैं । हमें इस बात की चिंता सताने लगती है कि संकट की घड़ी में हमारे साथ कौन खड़ा होगा ? क्योंकि संकट काल में दोस्त ही सबसे पहले हमारे कंधे से कंधा मिलाकर खड़े होते हैं । वे हमें भीतरी और बाहरी शक्ति प्रदान करते हैं । हमारा हौसला मजबूत करते हैं ।

इसलिए मेरा मानना है कि वह व्यक्ति मूर्ख होता है जो मित्रों की कद्र नहीं करता । उनसे बेवजह मनमुटाव रखता है और उनकी भावनाओं का

सम्मान नहीं करता । दोस्ती एक पौधे की तरह होती है । उसकी सींचाई करना आवश्यक है । उसे तेज धूप और आंधी–तूफान से बचाना आवश्यक है, वरना वह मूर्झा जाएगी और उखड़ जाएगी ।

जो लोग बुद्धिमान होते हैं वे अपनी दोस्ती को सहेजकर और संभालकर रखते हैं । उसका भरण–पोषण करते रहते हैं ताकि वह और मजबूत हो सके । वे दोस्ती की कीमत समझते हैं और यह जानते हैं कि सच्चे मित्र का इस दुनिया में कोई विकल्प नहीं होता ।''

जीवन की सबसे लंबी यात्रा

सीखने की यात्रा होती है;

इसका कभी अंत नहीं होता।

छः

सीखने की यात्रा

उस दिन जेसन एक सेमिनार में शामिल होने जा रहे थे और एलेक्सिया भी उनके साथ थीं। सेमिनार बिजनेस मैनेजमेन्ट से संबंधित था और जेसन में इस सेमिनार के प्रति बेहद उत्सुकता थी । वे इस सेमिनार में नयी जानकारियां हासिल करना चाहते थे और नए ज्ञान अर्जित करना चाहते थे ।

मैंने देखा है कि अपने दादा की तरह जेसन भी सेमिनारों को बड़ा महत्व देते हैं । उनकी यह कोशिश होती है कि वे अधिक से अधिक सेमिनारों में शामिल हो सकें ताकि बेहतर से बेहतर वक्ताओं के विचार सुन सकें और श्रेष्ठ बुद्धिजीवियों के साथ विचारों का आदान-प्रदान कर सकें । जेसन कहते हैं कि सेमिनारों से उन्हें जितना हासिल होता है उतना और कहीं से नहीं होता । उनकी समझ विकसित होती है और उन्हें एक नया दृष्टिकोण मिलता है ।

नयी चीजों के बारे में जानने और सीखने की जेसन की ललक देखकर मुझे उनके दादा याद आ जाते हैं । इस मामले में जेसन पूरी तरह अपने दादा पर गए हैं । स्वर्गीय रेड स्टीवंस के साथ इतने बरस बिताने के बाद मैं यह समझ पाया कि उनमें जो सबसे बड़ा गुण था, वह था नयी जानकारियां हासिल करने की भूख । वे अखबारों के पन्नों की एक-एक बात बड़े ध्यान से पढ़ते थे । दुनिया में क्या नया हो रहा है, उस पर उनकी पैनी नजर होती थी । वे नए आविष्कारों, नयी खोजों और नयी घटनाओं

से अनभिज्ञ रहना नहीं चाहते थे, इसलिए हमेशा नयी चीजों के बारे में जानने और समझने की पूरी कोशिश करते थे । वे कहते थे कि दुनिया में जो कुछ घट रहा है, उससे अनभिज्ञ रहने का सीधा मतलब है कि जीवन की रेस में पिछड़ते जाना । और यही गुण मैं जेसन में भी देखता हूं । निस्संदेह यह एक बड़ा गुण है ।

इस बीच एलेक्सिया को स्वर्गीय रेड स्टीवंस के बारे में एक और राज की जानकारी मिली, वह यह कि रेड स्टीवंस कविता भी लिखते थे। रेड स्टीवंस की डायरी के पन्ने पलटते हुए एक बड़ी ही सुंदर कविता पर उनका ध्यान गया, जो कि निम्नलिखित है :

अगर मुझे सपने देखना है तो
क्यों न बड़ा देखूं ।

अगर मुझे संघर्ष करना है तो
क्यों न बड़ा करूं ।

अगर मुझे महनत करनी है तो
क्यों न बड़ी करूं ।

अगर मुझे धैर्य रखना है तो
क्यों न बड़ा रखूं ।

अगर मुझे प्रेम करना है तो
क्यों न बड़ा करूं ।

मगर सबसे बढ़कर जो काम
मुझे सबसे बड़े स्तर पर
करना है, वह है सीखते रहना ।

रेड स्टीवंस की इस सुंदर कविता को पढ़कर हम सब चकित थे । क्योंकि उनके इस गुण से हम पूरी तरह अनभिज्ञ थे । इस कविता के भाव इतने उदात्त हैं कि हम काफी समय तक इस कविता के भाव में डूबे रहे । इस बीच जेसन ने डीवीडी प्लेयर में वह विडीयो चालू किया जिसमें रेड स्टीवंस सीखने की आदत पर अपने विचार व्यक्त करते हैं, जो कि निम्नलिखित हैं :

''जेसन, आज दुनिया इतनी तेजी से बदल रही है कि पलक झपकते ही जो नया है, पुराना हो जाता है । कल जो लेटेस्ट टेकनोलोजी थी आज

आउटडेटेड हो जाती है । दुनिया इतनी तेजी सें कभी नहीं बदली जितनी कि आज बदल रही है । मेरी युवावस्था में दुनिया जितनी दस साल में बदलती थी आज दस दिन में ही बदल जाती है ।

अब प्रश्न यह है कि तेजी से हो रहे बदलावों के बीच किस प्रकार के लोग रेस में बने रहेंगे ? इसका उत्तर है कि वही लोग जीवन की रेस में बने रहेंगे जिनमें नयी चीजों को जानने, समझने और सीखने की ललक होगी । नए ज्ञान अर्जित करने की जिनमें प्रबल इच्छा होगी, वही बदलावों के चक्रवात को झेल पाएंगे ।

इस बात को समझाने के लिए मैं एक शाश्वत सत्य दोहराता हूं कि परिवर्तन तो अवश्यंभावी है । परिवर्तन ही प्रकृति का नियम है और इस नियम को कोई झुठला नहीं सकता ।

हमारे आस-पास हो रहे परिवर्तन से अधिकांश लोग घबरा जाते हैं। ऐसा क्यों होता है ? ऐसा इसलिए होता है क्योंकि वे परिवर्तन का सामना करने के लिए खुद को तैयार नहीं करते । हमें परिवर्तन के लिए खुद को तैयार करना होगा और यह तैयारी हम सीखने की आदत डालकर ही कर सकते हैं ।

जिनमें सीखने की क्षमता होती है वे परिवर्तन का स्वागत करते हैं, वहीं जिनकी सीखने में रुचि नहीं होती वे परिवर्तन से भागने की कोशिश करते हैं और परिवर्तन उनका पीछा करता है । और यह सिलसिला जिंदगी भर चलता रहता है ।

हमें यह समझना होगा कि परिवर्तन जहां एक चुनौती होता है वहीं एक अवसर भी होता है । परिवर्तन अपने साथ जितनी बड़ी चुनौती लाता है उससे कहीं बड़ा अवसर भी लेकर आता है । जिनमें सीखने की आदत नहीं होती वे परिवर्तन को समझ नहीं पाते और उसे एक चुनौती बना देते हैं और वहीं जिनमें सीखने की आदत होती है वे परिवर्तन को सही ढंग से समझ पातें है और उसें अवसर में बदल कर अपनी उन्नति का मार्ग खोल पाते हैं ।

हमें खुद को इस तरह तैयार करना होगा कि हम हमेशा परिवर्तन का स्वागत करें न कि यथास्थिति का । क्योंकि यथास्थिति हमें कोई अवसर प्रदान नहीं करती और परिवर्तन हमेशा अपने साथ अवसर लेकर आता है। जहां अधिकांश लोग यथास्थिति के साथ चिपके रहना हैं वहीं प्रतिभावान लोग यथास्थिति से असंतुष्ट रहते हैं और परिवर्तन के स्वागत में बांहें फैलाए रहते हैं ।

यह हमारी कोशिश होनी चाहिए जेसन कि हम हर माध्यम से ज्ञान अर्जित करने का प्रयास करें । पुस्तकों से, अखबारों और टी.वी कार्यक्रमों से, सेमिनारों से, हर माध्यम से हम ज्ञान का खजाना बटोर सकते हैं, सिर्फ जरूरत दिमाग खुला रखने की है । हमें हर पल तत्पर रहना होगा कि ग्रहण करते जाएं, सीखते जाएं, नए का स्वागत करें और पुराने का ज्यादा मोह न करें ।''

इस बीच गाड़ी सेमिनार स्थल पर पहुंच चुकी थी और जेसन की यह आदत थी कि वे हर जगह समय पर ही पहुंचते हैं । विडीयो बंद करके वे

एलेक्सिया के साथ सेमिनार के हॉल में प्रवेश कर गए । करीब दो घंटे बाद जब पति-पत्नी हॉल से बाहर आए तो मैंने देखा कि वे बेहद उत्साहित नजर आ रहे थे ।

गाड़ी में बैठने के बाद वे काफी देर तक सेमिनार में दिए गए लेक्चरों के बारे में चर्चा करते रहे । बिजनेस मैनेजमेन्ट से संबंधित उन्हें नयी जानकारियां हासिल हुयी थीं जिससे वे बेहद उत्साहित थे । इसी बीच डायरी के पन्ने पलटते हुए एलेक्सिया की नजर एक ऐसे पन्ने पर पड़ी जिसकी सामग्री वे हमारे साथ साझा करना चाहती थीं । रेड स्टीवंस के शब्दों को वे जोर से पढ़ने लगीं, जो कि निम्नलिखित हैं :

''१४ अगस्त १९५२

मैंने प्रण किया है कि मैं जीवन के हर क्षण कुछ न कुछ नया जानने और सीखने की कोशिश करूंगा । माध्यम चाहे जो भी हों, मैं हर माध्यम से सीखने की कोशिश करूंगा । मैं यह समझ पाया हूं कि सीखना एक आदत होती है, जिसे हमें विकसित करना होता है । मैं इस आदत को बड़ी गंभीरता के साथ विकसित करूंगा ताकि मैं सीखते रहने से कभी थकान नहीं महसूस करूं । मेरी यह कोशिश रहेगी कि मैं निम्नलिखित माध्यमों से लगातार सीखने की कोशिश करता रहूं :

१) पुस्तकें

२) अखबार

३) टी.वी.

४) ज्ञानी लोग

५) अपने अनुभव

६) दूसरों के अनुभव

७) प्रयोंगों के द्वारा

इन सारे माध्यमों के द्वारा मैं सतत रूप से सीखते रहना चाहता हूं ताकि मैं जीवन की रेस में हमेशा बना रहूं । मैं यह महसूस करता हूं कि जो सीखता नहीं, वह पिछड़ता जाता है और जो सीखता है, वह हर चुनौती का बखूबी सामना कर पाता है ।''

स्वर्गीय रेड स्टीवंस के ये विचार पढ़ने के बाद एलेक्सिया कुछ क्षण तक चुप रहने के बाद बोलीं, ''एकाएक मुझे यह महसूस हो रहा है कि लंबे समय से मैंने सीखना छोड़ दिया है । कॉलेज की पढ़ाई खत्म करने के बाद मैंने सोचा कि जो सीखना था वह सीख लिया, अब और सीखने की जरूरत नहीं । आज दादाजी के विचार पढ़ने के बाद यह महसूस कर रही हूं कि मेरी सोच गलत थी । हमें जिंदगी भर सीखते रहना चाहिए ।''

एलेक्सिया के विचार से जेसन भी सहमत थे और मैं भी । इस बीच जेसन ने पुनः वह विडीयो चालू किया जिसमें रेड स्टीवंस सीखने की

आदत के बारे में अपने विचार बड़े ही रोचक ढंग से प्रस्तुत करते हैं, जो कि निम्नलिखित है :

''जेसन, मुझे तब बड़ी हंसी आती है जब लोग कहते हैं, ''अब क्या सीखूंगा...अब सीखने की उम्र नहीं रही... अब सीखने से क्या फायदा...अब देर हो चुकी है ।'' इस तरह के विचार जब लोग व्यक्त करते हैं तो मैं समझता हूं कि वे जीवन के मूल उद्देश्य को ही नहीं समझते । जीवन का मूल उद्देश्य ही है सीखते रहना । जब हम सीखते रहने को अपनी आदत बना लेते हैं और अपनी अंतिम सांसों तक सीखते रहते हैं तो अपने जीवन के मूल उद्देश्य को पूरा कर पाते हैं और जो लोग ऐसा नहीं करते हैं वे अपने जीवन को कभी सार्थक नहीं बना पाते; इसलिए मैं सबसे कहता हूं कि सुबह सीखो, शाम को सीखो और रात को सीखो । हर क्षण सीखते जाओ। जागते हुए सीखो और नींद में भी सीखो । सीखने के लिए अवसर का इंतजार मत करो क्योंकि हर क्षण ही अपने आप में सीखने का अवसर है।''

रेड स्टीवंस के ये विचार सुनकर हम तीनों इतने उत्प्रेरित हुए कि उसका वर्णन करना मुश्किल है । रास्ते भर जेसन और एलेक्सिया यह चर्चा करते रहे कि अब उन्हें कौन सा नया हुनर सीखना चाहिए, कौन से नए ज्ञान अर्जित करना चाहिए और किस माध्यम से नयी-नयी जानकारियां हासिल करनी चाहिए । और साथ में वे दोनों इस बात पर सहमत हुए कि स्वर्गीय रेड स्टीवंस के विडीयोज और डायरियां उनमें बड़ा ही सकारात्मक परिवर्तन ला रही हैं । वे अपने भीतर से एक नए इंसान को उभरता हुआ महसूस कर रहे हैं ।

ऐसी यात्रा जिसमें

चुनौती न हो;

संभव ही नहीं है।

चुनौतियां वास्तव में क्या होती हैं?

वे अवसर ही तो होती हैं।

सात चुनौतियों की यात्रा

उस दिन जब एलेक्सिया, स्टीवंस चैरिटेबल संस्थान से बाहर निकल कर लिमुजीन में आकर बैठीं तो उनके चेहरे का भाव कुछ गंभीर था और उनके हाथ में स्वर्गीय रेड स्टीवंस की एक डायरी थी। जाहिर है वे इस डायरी को पढ़ रही थीं, जिसका असर उनके मनोभाव पर पड़ा था।

मैंने देखा है कि एलेक्सिया एक बेहद संवेदनशील स्त्री हैं। वे कम बोलती हैं मगर अपने आस-पास की चीजों को बड़ी गहराई के साथ समझने का प्रयास करती हैं। वे दूसरों के साथ बड़ा गहरा जुड़ाव महसूस करती हैं। दूसरों के दुखों से दुखी होती हैं और दूसरों के सुखों से सुखी होती हैं। यही वजह है कि मैं अक्सर देखता हूं कि रेड स्टीवंस की डायरियों को पढ़कर कभी तो वें प्रफुल्लित हो उठती हैं तो कभी वे एकदम उदास हो जाती हैं।

जाहिर है आज एलेक्सिया ने कुछ ऐसा पढ़ लिया है जिसके चलते वे उदास हैं। जेसन ने उनकी इस उदासी का कारण जानना चाहा तो एलेक्सिया ने डायरी का वह पन्ना जेसन के सामने खोल दिया जिसको पढ़कर उनका मन विचलित हो उठा था। उस पन्ने पर रेड स्टीवंस के जो विचार दर्ज थे वे निम्नलिखित हैं :

“१७ नवम्बर, १९३३

आज रात के भोजन में एक-एक कप सूप से हमें काम चलाना पड़ा। हमारा ध्यान भूख पर न जाए, इसलिए मां ने रेडियो का वोल्यूम तेज कर दिया, ताकि हमारा ध्यान रेडियो कार्यक्रमों में लगा रहे । मगर यह उनका भ्रम था, क्योंकि भूख के मारे मेरे पेट में मरोड़ आने लगा था ।”

जेसन जब डायरी के उस पन्ने को पढ़ रहे थे तो मैंने गौर किया कि धीरे-धीरे उनकी आवाज मंद पड़ती जा रही थी, मानो उनके गले में ऊर्जा ही न बची हो । इसके बाद काफी देर तक लिमुजीन में खामोशी पसरी रही । और यह खामोशी तभी टूटी जब जेसन ने डीवीडी प्लेयर में रेड स्टीवंस का वह विडीयो लगाया, जिसमें उन्होंने चुनौतियों के बारे में अपने विचार व्यक्त किए हैं, जो कि निम्नलिखित हैं :

“जेसन, क्या कोई ऐसा काम है जो चुनौतियां न प्रस्तुत करे ? क्या जीवन का कोई भी छोटा या बड़ा काम हम चुनौतियों का सामना किए बिना पूरा कर सकते हैं ? इन प्रश्नों का उत्तर यह है कि चुनौतियों के बिना जीवन संभव ही नहीं है । हमें जीना है तो चुनौतियों का सामना करने के लिए तैयार रहना ही पड़ेगा ।

अब प्रश्न यह है कि जब चुनौतियों के बिना जीवन संभव ही नहीं है तो हम चुनौतियों से इतना घबराते क्यों हैं ? अधिकांश लोग चुनौतियों से भागने की कोशिश करते हैं, उसका सामना करने से कतराते हैं । और

जीवन का एक बड़ा कड़वा सच यह है कि जो चुनौतियों से भागता है, चुनौतियां उसी का पीछा करती हैं ।

स्पष्ट है कि यदि हमें चुनौतियों से छुटकारा पाना है तो इसका एकमात्र उपाय यही है कि हम उनका सामना करें । हम चुनौतियों का सामना करेंगे तो चुनौतियों से छुटकारा पा सकेंगे, यदि उनसे भागेंगे तो वे हमारा पीछा करती रहेंगी । हमें गर्त की ओर धकेलती रहेंगी और हमसे उन्नति के तमाम अवसर छीनती रहेंगी ।

यह सच है कि चुनौतियां अपने साथ उन्नति के अवसर भी लेकर आती हैं । और उन अवसरों को कौन पहचान पाता है ? वही, जो चुनौतियों का सामना करता है । हमारे सामने जितनी बड़ी चुनौती प्रस्तुत होती है, उसमें उतना ही बड़ा अवसर निहीत होता है । हम जब चुनौतियों का सामना करते हैं तो बड़ी जल्दी उन अवसरों को पहचान लेते हैं जो चुनौतियां अपने साथ लाती हैं । हम उन अवसरों को हाथ से जाने नहीं देते और अपने लिए उन्नति के मार्ग खोल पाते हैं । इसलिए चुनौतियों का सामना करने की आदत हमें सीखनी चाहिए ।

जो व्यक्ति चुनौतियों का सामना करने से बचता है वह जीवन के हर मोर्चे पर विफल रहता है । उसके लिए कहीं आदर का स्थान नहीं होता। वह न तो अपने घर में सम्मान प्राप्त करता है और न घर के बाहर ।

बेटा जेसन, तुम्हारे लिए यह अनिवार्य है कि तुम जीवन के हर कदम पर चुनौतियों का स्वागत करो, क्योंकि तुम्हारे कंधों पर बहुत बड़ी

जिम्मेदारी आ चुकी है । और इस जिम्मेदारी को तुम तभी सफलतापूर्वक निभा पाओगे जब तुम चुनौतियों का सामना करने का जज्बा रखोगे ।

तुम अब इतने बड़े बिजनेस एम्पायर के मुखिया हो । तुम्हारे फैसलों पर निर्भर करेगा कि लाखों परिवारों का भविष्य सुरक्षित रह पाता है या नहीं । तुम्हारे फैसलों पर निर्भर करेगा कि लाखों बच्चे सही शिक्षा प्राप्त कर पाते हैं या नहीं; लाखों लोग अपने रोगों का सही इलाज करा पाते हैं या नहीं ।

अब प्रश्न यह है कि तुम्हारे फैसले कैसे होने चाहिए ? चूंकि तुम्हारी जिम्मेदारी इतनी बड़ी है इसलिए क्या तुम्हें गलत फैसले लेने का अधिकार नहीं है? बिलकुल है! क्योंकि तुम भी एक इंसान हो और तुम्हें गलती करने का अधिकार है ! तुम फैसले ले सकते हो मगर फैसला लेने से भाग नहीं सकते ।

तुम्हें चुनौतियों का सामना करते हुए गलती करने का अधिकार है, मगर चुनौतियों से भागने का अधिकार नहीं है । गलतियां कर के आज तक कोई बर्बाद नहीं हुआ है, क्योंकि गलतियों को सुधारा जा सकता है; फैसलों को सुधारा जा सकता है । वहीं फैसला लेने से जो बचता है, चुनौतियों का सामना करने से जो कतराता है, उसके सामने सिर्फ एक ही रास्ता बचा होता है, और वह है- बर्बादी का रास्ता । इसलिए इस सफर में तुम्हें हक है कि तुम तमाम गलतियां करो, मगर गलतियां करने से बचने का तुम्हें हक नहीं है । तुम्हें चुनौतियों से बचने का हक नहीं है ।

तुम्हें बार-बार और हर कदम पर चुनौतियों का सामना करना होगा; तुम्हें हजारों गलतियां करनी होगी, क्योंकि जितनी गलतियां करोगे उतना ही सीखोगे । एक बाजी हारोगे तो दस बाजी जीतोगे । इंसान गलतियों से ही सीखता है और जो गलतियां नहीं करता, वह कभी कुछ सीखता नहीं।

इसलिए डरो मत कि चुनौतियां तुम पर हावी हो जाएंगी । वे कुछ समय तक जरूर तुम पर भारी पड़ सकती हैं, मगर लगातार संघर्ष करनें वालों के सामने देर-सबेर चुनौतियां घुटने टेक देती हैं ।''

स्वर्गीय रेड स्टीवंस के ये उद्गार सुनकर पत्थर भी उठकर दौड़ने लगता, फिर जेसन तो उनके पौत्र थे । मैंने देखा कि जेसन के चेहरे से ऐसा दृढ़ निश्चय झलक रहा था कि मानो वे हर किस्म के आंधी-तूफान से जूझने के लिए तैयार हों । रेड स्टीवंस में यह गुण था कि वे मुर्दों में भी जान फूंक सकते थे । उनमें जोश भर सकते थे और उन्हें बड़े से बड़ा काम करने के लिए प्रेरित कर सकते थे। हर बार जब मैं उनकी वाणी सुनता हूं तो मेरे भीतर ऊर्जा का संचार होता है और मैं समझता हूं कि यही स्थिति जेसन और एलेक्सिया की है । मैं उनके चेहरों को देखकर यही समझ पाया कि वे हर प्रकार की चुनौतियों का सामना करने को तैयार और प्रतिबद्ध हैं ।

हमारे जीवन की यात्रा में हमारा परिवार

हमारे जन्म से पहले से

और हमारी मृत्यु के बाद तक

हमारे साथ शामिल रहता है।

परिवार क्या होता है ?

परिवार प्रेम की एक मजबूत

डोर होता है,

जिसे वक्त की मार भी

तोड़ नहीं सकती ।

आठ

परिवार के साथ यात्रा

उस दिन हम एलेक्सिया की एक चचेरी बहन की शादी में शामिल होने जा रहे थे और संयोग से रास्ते भर हम उस विडीयो को देखते रहे जिसमें स्वर्गीय रेड स्टीवंस परिवार और रिश्तेदारों के महत्व के बारे में अपने विचार प्रकट कर रहे थे, जो कि निम्नलिखित हैं :

''सबसे पहले जेसन मैं यह गुनाह स्वीकारना चाहूंगा कि शुरूआती वर्षों में मैं अपने परिवार को पर्याप्त समय नहीं दे पाया था, जिसके लिए मेरे भीतर आज तक अपराध बोध है ।

मुझे याद है कि पैंतालीस वर्ष पार करने पर मुझे एक दिन सहसा यह एहसास हुआ कि मेरे बच्चे बड़े हो चुके हैं और मुझे पता भी नहीं चला कि कब ! मैं पिछले बीस वर्षों से दिन के पंद्रह-सोलह घंटे काम कर रहा था और इस बीच मेरे परिवार में जो परिवर्तन हुए, वे प्राय: मेरी अनुपस्थिति में हुए ।

मेरे बच्चों की पढ़ाई-लिखाई किस ढंग से हुयी, उन्होंने कौन सी आदतें सीखीं, उनके दोस्त कैसे हैं और इस बीच उनकी सोच किस तरह से विकसित हुयी; इन सब में मेरा योगदान न के बराबर था । ये सारी जिम्मेदारियां मेरी पत्नी निभाती रहीं और मैं भूत की तरह दिन-रात काम रहता रहा । मैंने अपने परिवार के लिए समय निकालना जरूरी नहीं समझा।

जब अनेक वर्षों बाद मुझे यह एहसास हुआ कि मैंने एक पिता और पति के रूप में अपनी जिम्मेदारियां ठीक ढंग से नहीं निभायी हैं तो मेरा मन ग्लानि से भर गया । मैं दिन-रात पछतावे की आग जलता रहा और मैं इस बात के लिए प्रतिबद्ध हो गया कि अपनी तमाम गलतियों को सुधारकर रहूंगा ।

मगर अफसोस हम अपनी गलती को सुधार नहीं सकते । क्योंकि समय का पहिया उलटी दिशा में नहीं चलता । क्या मैं अपने बच्चों का बचपन लौटा सकता था, जब एक पिता के मार्गदर्शन की उन्हें सबसे ज्यादा आवश्यकता थी । जब वे आदतें सीख रहे थे, जब उनकी मानसिकता तैयार हो रही थी, तब तो मैं नदारद था; मैंने उन्हें कोई मार्गदर्शन नहीं दिया, उनकी उंगली पकड़ कर उन्हें रास्ते नहीं दिखाए; और अब तो वे लगभग वयस्क हो चुके थे । जिस सांचे में उन्हें ढलना था, ढल चुके थे । अब मैं अपनी कर्तव्यहीनता की भरपाई कैसे कर सकता था ?

मैं जीवन के एक महत्वपूर्ण मोर्चे पर बुरी तरह पिट चुका था और यह अपराध बोध मुझे जीवन भर सताता रहा । मैं यह भी समझ पाया कि हम अपनी हर चूक को सुधार नहीं सकते । जीवन के कुछ ऐसे मोर्चे हैं जहां हम एक बार पिट गए तो दुबारा खड़े नहीं हो सकते । परिवार भी उन्हीं में से एक मोर्चा है । इसलिए पारिवारिक मोर्चे पर शुरू से ही तैयारी करके उतरना जरुरी है ।

तुम अभी एक युवा हो और बुद्धिमान हो । बुद्धिमान वह होता है जो

दूसरों की गलतियों से सीखता है । तुम्हें मेरी गलतियों से सीखना होगा और जीवन के इस महत्वपूर्ण मोर्चे पर असफल होने से बचना होगा । परिवार को भरपूर समय देना होगा और उसका भरपूर खयाल रखना होगा। क्योंकि पारिवारिक अशांति हमें कहीं का नहीं रहने देती । हमारा सुख-चैन छीन लेती है और हमारी प्रगति में लगातार बाधाएं उत्पन्न करती है । नतीजा यह निकलता है कि हम जीवन में जहां पहुंच सकते हैं, वहां कभी पहुंच नहीं पाते और बीच रास्ते में ही थक-हारकर हिम्मत खो देते हैं ।

जिस व्यक्ति के साथ उसका परिवार नहीं है, वह देर-सबेर हिम्मत हार ही देगा । क्योंकि हमारी तीन-चौथाई हिम्मत हमें अपने परिवार से ही मिलती है । भला एक-चौथाई हिम्मत के साथ कब तक हम संघर्षों के मोर्चों पर टिके रह सकते हैं ।''

मैंने देखा कि रेड स्टीवंस के प्रेरणादायी वचनों को सुनते समय जेसन और एलेक्सिया एक-दूसरे का हाथ कसकर थामे हुए थे । उनके भीतर मैं यह असीम प्रतिबद्धता देख रहा था कि हर हाल में वे अपने परिवार को एक श्रेष्ठ परिवार बनाकर रहेंगे । वे परिवार के मोर्चे पर कभी विफल नहीं होंगे । रेड स्टीवंस की वाणी में सचमुच एक जादू है । वह अपना प्रभाव तुरन्त छोड़ती है ।

जो व्यक्ति हंसना नहीं जानता वह

कभी अपनी मंजिल तक

पहुंच नहीं सकता।

हंसी हमारी वह शक्ति है, जिसके भरोसे

हम ऊबड़-खाबड़ रास्तों पर

यात्रा कर पाते हैं।

नौ

हंसते हुए

यात्रा

उस दिन एलेक्सिया रेड स्टीवंस की डायरी के वह पन्ने पढ़ रही थीं, जिन्हें उन्होंने द्वितीय विश्व युद्ध के दौरान लिखा था। द्वितीय विश्व युद्ध के दौरान जब भारी संख्या में युवाओं की सेना में भर्ती हो रही थी तब देश की रक्षा के लिए स्वर्गीय रेड स्टीवंस भी फौज में शामिल हो गए।

मगर मेरे लिए और जेसन के लिए हैरानी की बात यह थी कि उन पन्नों को पढ़ते समय एलेक्सिया हंस-हंसकर लोट-पोट हुए जा रही थीं। आखिर युद्ध के बारे में रेड स्टीवंस ने ऐसा क्या लिखा था जो एलेक्सिया की हंसी रूक ही नहीं रही थी। युद्ध के मैदान में तो बमबारी होती है, मौतें होती हैं, क्षत-विक्षत लाशें बिखरी पड़ी होती हैं, वहां ऐसा कुछ नहीं होता कि जिसके बारे में पढ़कर हम हंस-हंसकर लोट-पोट हो जाएं।

जब जेसन से रहा नहीं गया तो उन्होंने एलेक्सिया से उनकी हंसी का कारण पूछा। एलेक्सिया ने कहा कि युद्ध क्षेत्र का वर्णन रेड स्टीवंस ने इस प्रकार से किया है कि उन्हें बार-बार हंसी आ रही है। इसके बाद एलेक्सिया उन पन्नों को जोर से पढ़ने लगीं, ताकि हम भी उनका आनंद उठा सकें।

''१५ सितंबर, १९४२

हम पिछले पंद्रह दिनों से समुद्र में हैं और इतने दिनों तक लगातार

समुद्र में रहने के बाद अच्छे-अच्छों की बुद्धि मंद पड़ जाती है । लेकिन जहाज के कप्तान की भी बुद्धि मंद पड़ जाएगी, ऐसा किसी ने नहीं सोचा था । उन्होंने हमें यह आदेश दिया कि हम सब को बैठकर युद्ध की तकनीक के बारे में एक फिल्म देखनी है ।''

जब फिल्म शुरू हुयी तो हमने देखा कि उसमें तीन जोकर उछल-कूद कर रहे थे । कप्तान ने हमें आश्वासन दिया कि फिल्म में आगे चलकर युद्ध तकनीक के बारे में विस्तार से समझाया जाएगा । फिल्म चलती रही और वही तीन जोकर अपने कारनामों से हमें हंसा-हंसाकर लोट-पोट करते रहे । फिल्म खत्म हो गयी और उसमें युद्ध तकनीक के बारे में कहीं कोई जिक्र हुआ ही नहीं । वह एक 'थ्री स्टूजेस' की फिल्म थी। हमारे कप्तान भौचक्का खड़े रहे ।

२८ जनवरी, १९४२

हुआ यूं कि कुछ दिन पहले हम सब फौजी चड्डी में बैठकर अपनी पतलूनों के सूखने का इंतजार कर रहे थे जिन्हें काफी दिनों बाद धोया गया था । उसी वक्त दुश्मन ने बमबारी की और सारी पतलूनें जलकर राख हो गयीं। मैंने तो अपनी सारी पतलूनें धुलने के लिए नहीं दी थीं, मगर बहुत से ऐसे मूर्ख थे जिन्होंने अपनी सारी पतलूनें धुलवा ली थीं ।''

रेड स्टीवंस की डायरी एलेक्सिया हमें पढ़ कर सुना रही थीं और वे जितना पढ़ रही थीं उससे ज्यादा हंस रही थीं । और उनकी हंसी में जेसन और मेरी हंसी भी शामिल हो गयी थी । मैं बड़े विस्मय के साथ सोच रहा था कि रेड स्टीवंस एक गजब के व्यक्ति थे । युद्ध के क्षेत्र में जब मौत अगले कदम पर इंतजार कर रही होती है, रेड स्टीवंस ने अपनी हंसने की क्षमता को बरकरार रखा था । वे हर स्थिति में हंसना जानते थे । हालात कैसे भी हों, वे उसे अपने पर हावी नहीं होने देते थे और खुद भी हंसते थे और दूसरों को भी हंसाते थे । मैं यह सब सोच ही रहा था कि इस बीच जेसन ने वह विडीयो डीवीडी प्लेयर में लगाकर चालू किया जिसमें रेड स्टीवंस हंसने की क्षमता पर अपने विचार व्यक्त करते हैं, जो कि निम्नलिखित हैं :

''जेसन, मैंने देखा है कि इंसान के जीवन में एकाध बार ही ऐसी परिस्थितियां उत्पन्न होती हैं जिन्हें हम अच्छी या बुरी कह सकते हैं । बाकी सारी परिस्थितियां सामान्य होती हैं । हम अपने नजरिए से उन्हें अच्छी बनाते हैं या बुरी ।

प्राय: अधिकांश परिस्थितियां ऐसी होती हैं जिन्हें हम अच्छी या बुरी सिर्फ इसलिए कहते हैं क्योंकि हम उन्हें उसी नजर से देखते हैं । हम अगर अच्छी नजर से देखेंगे तो अधिकांश परिस्थितियां हमें अच्छी नजर आ सकती हैं तो क्यों न हम सकारात्मक नजर से परिस्थितियों को देखना सीखें । हर परिस्थिति में कुछ सकारात्मक ढूंढ़ने कि कोशिश करें और हंसते हुए तमाम तरह के हालातों से गुजरें ।

हंसी अपने आप में एक बहुत ही कारगर दवा होती है । जैसे ही हम हंसते हैं हमारा दुख हल्का हो जाता है और हमारा दर्द कम हो जाता है । मगर यह बड़े अफसोस की बात है कि आज के दौर में लोगों के चेहरों से हंसी गायब होती जा रही है । आज हर तरफ हताश-परेशान लोग नजर आते हैं । लोग न खुद हंसते हैं और न दूसरों को हंसाते हैं, मगर मैंने वे दिन भी देखें हैं जब दुनिया इतनी हताश-परेशान नहीं रहती थी ।

मेरे बचपन के दिनों में मुझे हर तरफ हंसते-मुस्कुराते लोग नजर आते थे । और यह तब की बात है जब आज की तरह हर तरफ संपन्नता नहीं फैली थी । मेरे पिता और दादा बेहद गरीब थे, मगर वे हंसना जानते थे । और उनके तमाम मित्रगण और रिश्तेदार भी हंसना जानते थे । इसलिए जब वे एकत्रित होते थे तो कमरा हंसी ठहाकों से गूंज उठता था। वे गरीब जरूर थे मगर वे स्वस्थ थे ।

आज का इंसान संपन्न जरूर है मगर स्वस्थ नहीं है, क्योंकि वह हंसना भूल चुका है । हंसी हमारे मानसिक स्वास्थ्य की निशानी है । हमारी संपन्नता, हमारी धन-दौलत किसी काम की नहीं यदि हम मानसिक रूप से स्वस्थ न रहें, इसलिए हंसना जरूरी है । हंसने की आदत हमें डालनी चाहिए, हंसने की कला सीखनी चाहिए । जीवन एक ऐसी यात्रा है, जिसमें हंसते-खेलते जो यात्री आगे बढ़ता है वही अपनी यात्रा को सार्थक बना पाता है और दूसरों के जीवन में सार्थक योगदान दे पाता है।''

हमारे स्वप्न ही

हमारी जीवन-यात्रा

की दिशा तय करते हैं।

हमारी हर यात्रा की

शुरुआत कहीं न कहीं

हमारे स्वप्न में होती है।

दस

सपनों की यात्रा

उस दिन स्वर्गीय रेड स्टीवंस की वाणी सुनकर हम जितना मंत्रमुग्ध थे उसका वर्णन करना मुश्किल है, क्योंकि जिस विडीयो को हम देख रहे थे उसमें स्वप्न के बारे में रेड स्टीवंस अपने विचार व्यक्त कर रहे थे, जो कि निम्नलिखित हैं :

''जेसन, इंसान के जीवन में जितना महत्व स्वप्न का है, उतना शायद किसी और का नहीं । मगर अफसोस कि अधिकांश लोग स्वप्न के महत्व को समझ नहीं पाते । मैं स्पष्ट तौर पर मानता हूं कि हमारे स्वप्न ही हमारे जीवन की दिशा तय करते हैं ।

इंसान जो बनना चाहता है और जहां पहुंचना चाहता है, पहले उसका सपना देखता है । जब तक हम कुछ बनने का सपना नहीं देखेंगे तब तक हम वह बन नहीं पाएंगे । इसलिए सपने देखना जरुरी है । सपनों को अपने दैनिक जीवन का हिस्सा बनाना जरुरी है । यह जरुरी है कि हम रोज सपने देखें और लगातार उन्हें पूरा करने के लिए प्रयत्नशील रहें ।

मैंने देखा कि अधिकांश लोग अपने सपनों को सीमित कर देते हैं । सीमित सपने हमें सीमित परिणाम ही देते हैं । लोग ज्यादा से ज्यादा अच्छी नौकरी या फिर अच्छे मकान का सपना देखते हैं । अपने सपनों को इतना सीमित कर देते हैं कि जीवन में वे सीमित उपलब्धियां ही हासिल कर पाते हैं । जबकि हमारे सपनें कभी यह नहीं कहते कि हम उन्हें सीमित कर दें ।

हमारे स्वप्न तो उड़ान भरना चाहते हैं, वे असीमित विस्तार चाहते हैं; हर बेड़ी को तोड़कर ऐसी ऊंचाइयों पर पहुंचना चाहते हैं जहां आज तक कोई न पहुंचा हो । फिर ऐसा क्यों है कि हम अपने सपनों की नहीं सुनते और उनके पांवों में बेड़ियां बांध देते हैं । उन्हें उड़ान भरने से रोकते हैं ।

हमारी हर उपलब्धि की शुरूआत हमारे स्वप्न में ही होती है । हम जीवन में जो कुछ हासिल करते हैं, पहले उसका सपना देखते हैं, फिर क्यों न हम बड़ा सपना देखें । ऐसा सपना देखें जो कि हमारे जीवन में तथा देश-दुनिया में बड़ा बदलाव ला सके । दूसरों के जीवन में बड़ा योगदान दे सके।

मैं अपने अनुभव से कहता हूं कि मैंने जीवन में जो कुछ हासिल किया, पहले उसका सपना देखा । और साथ में यह भी स्वीकारता हूं कि मेरे बहुत से ऐसे सपने थे जो कभी पूरे नही हुए । मगर इसके बावजूद मैंने सपने देखना नहीं छोड़ा । मैंने कभी यह विश्वास नहीं किया कि सपने पूरे नहीं हो सकते । और मैंने कभी सीमित सपने नहीं देखे ।

मैं अपने लिए छोटी-छोटी चीजें हासिल नहीं करना चाहता था बल्कि मैं देश-दुनिया पर अपना प्रभाव छोड़ना चाहता था । मैं दूसरों की जिंदगी पर सकारात्मक प्रभाव छोड़ने का स्वप्न देखता था । मेरे स्वप्न मेरे तक ही सीमित नहीं रहते थे । मेरे सपनों में देश-दुनिया और समाज भी शामिल होता था । मैं समाज को और दुनिया को बहुत कुछ देने का सपना देखता था; मैंने लेने का सपना कभी नहीं देखा । और यही रास्ता तुम्हें भी अपनाना होगा ।

तुम्हारे सपनों में देश–दुनिया और समाज भी शामिल होने चाहिए। तुम्हें उनके लिए सपने देखना है, सिर्फ अपने लिए नहीं। आज जिस बिजनेस एम्पायर के तुम प्रमुख हो, तुम्हें यह सपना देखना है कि आने वाले वर्षों में वह कितने व्यापक पैमाने पर लोगों के जीवन पर प्रभाव छोड़ सकता है ! उसकी पहुंच कहां तक जा सकती है ? कितने लोगों की वह गरीबी दूर कर सकता है और कितने बच्चों की शिक्षा में अपना योगदान दे सकता है ? आने वाली पीढ़ी का जीवन तुम्हारा बिजनेस किस तरह सुधार सकता है, तुम्हें इस बारे में सोचना है और सपने देखने हैं।

बड़े लोग कौन होते हैं, वही होते हैं जो बड़े और असीमित सपने देखते हैं। हमारे बडप्पन की शुरुआत हमारे सपनों से होती है और हमारे छुटपन की शुरुआत भी हमारे सपनों से ही होती है। इसलिए यह जरुरी है कि हम अपने सपनों को बड़ा करें, असीमित करें और उन्हें पूरा करने के लिए पूरी तरह प्रतिबद्ध रहें।

इस दुनिया को गिने–चुने लोग ही चलाते हैं। ये कौन लोग होते हैं ? क्या ये दूसरों से ज्यादा प्रतिभावान होते हैं ? नहीं; ये वे लोग होते हैं जो दूसरों से बड़ा सपना देखते हैं। इनके सपने ही वह रास्ते बताते हैं, जिन पर चलकर वे दुनिया में अपना बड़ा योगदान दे पाते हैं। जब हमारी सभी यात्राओं की शुरुआत हमारे सपनों से ही होती है तो क्यों न हम भव्य यात्राओं के सपने देखें, विराट गंतव्यों के सपने देखें और इस धरती पर अपनी छाप छोड़ने के सपने देखें।''

उसी का जीवन सार्थक होता है जो

दूसरों की मदद में

अपना हाथ बढ़ाता है।

जीवन में जो देने की कला

नहीं जानता,

उसकी हर कला

बेकार ही जाती है।

ग्यारह

परोपकार की यात्रा

इतने वर्षों तक रेड स्टीवंस को जानने के बाद मैं यह समझ पाया था कि परोपकार ही उनके जीवन का मूलमंत्र था । उन्होंने जितना दुनिया से लिया उससे कहीं ज्यादा दिया । बल्कि सच तो यह है कि उनका ध्यान हमेशा देने पर ही रहता था, लेने पर कभी नहीं । वे न सिर्फ धन-दौलत देना जानते थे, वे प्रेम भी दूसरों को इतना देते की उनसे कोई एक बार मिल ले, तो हमेशा के लिए उनका होकर रह जाता था । मैं खुद इस बात का प्रमाण हूं; मैं जिस दिन स्वर्गीय रेड स्टीवंस से मिला उसी दिन मैंने यह फैसला कर लिया कि जीवन भर उनके लिए ही काम करना है ।

उनसे पहली मुलाकात में मैं यह समझ चुका था कि जितना प्रेम और सम्मान मुझे उनके साथ काम करके मिलेगा, उतना और कहीं नहीं मिल सकता । और यही बात दूसरे कर्मचारियों के साथ थी । रेड स्टीवंस सबकी आर्थिक जरूरतें पूरी करते थे और साथ में भरपूर प्रेम और सम्मान देते थे । ऐसे में कोई भी कर्मचारी उन्हें छोड़कर कहीं और जाने का सोच भी नहीं सकता था । इसलिए जो भी उनके साथ जुड़ा, हमेशा के लिए जुड़ा ही रह गया ।

रेड स्टीवंस कितना परोपकार करते थे और किस हद तक करते थे इस बात की सही-सही जानकारी जेसन और एलेक्सिया को रेड स्टीवंस की डायरी पढ़कर ही मिली । क्योंकि सच तो यह है कि रेड स्टीवंस दूसरों की मदद तो बहुत करते थे मगर उसका प्रचार जरा भी नहीं करते थे;

बल्कि उनके परिवार को भी उनके तमाम परोपकारों की जानकारी नहीं होती थी । उनकी डायरी में उनके परोपकार संबंधित जो बातें दर्ज थीं, उनका एकाध उदाहरण निम्नलिखित हैं :

"१४ अगस्त १९७६

इस वर्ष स्टीवंस चैरिटेबल संस्थान ने पचास होनहार बच्चों को आगे पढ़ाई के लिए स्कॉलरशिप प्रदान कीया है । मेरा लक्ष्य है कि अगले पांच वर्षों में यह संख्या बढ़कर डेढ़ सौ हो जानी चाहिए ।

२७ जनवरी १९८३

आज स्टीवंस चैरिटेबल संस्थान के एक नए हस्पताल का उद्घाटन हुआ है । मेरा वर्षों पुराना सपना पूरा हुआ । इस हस्पताल के निर्माण के पीछे उद्देश्य यही है कि पैसों के अभाव के चलते किसी का इलाज अधूरा न रह जाए । यह हस्पताल पूरी तरह गरीबों को समर्पित है ।"

रेड स्टीवंस की डायरी पढ़कर जेसन और एलेक्सिया यह समझ पाए कि उनके लिए परोपकार का कितना महत्व था । इसके बाद उन्होंने वह विडीयो चालू किया जिसमें परोपकार को लेकर रेड स्टीवंस अपने विचार व्यक्त करते हैं । उस विडीयो के कुछ अंश निम्नलिखित हैं :

''जेसन, हमारे पास जो कुछ होता है उस पर सिर्फ हमारा ही हक नहीं होता, क्योंकि हम जीवन में दूसरों के सहयोग के बिना कुछ भी हासिल नहीं कर सकते । इसलिए हमारे पास जो कुछ है उसमें दूसरों का भी हिस्सा होता है और बेहतर यही है कि हम समय-समय पर दूसरों का हिस्सा दे दिया करें । वरना हम उनके साथ न्याय नहीं करेंगे ।

इंसान एक सामाजिक प्राणी है । वह जीवन के हर क्षेत्र में दूसरों पर निर्भर रहता है । वह अकेले एक कदम भी नहीं चल सकता । ऐसे में जो लोग यह कहते हैं कि वे अपने बल पर आगे बढ़े हैं, उनके विकास और उन्नति में दूसरों का हाथ नहीं है, वे दरअसल बड़े छोटे मन के लोग होते हैं । सच तो यह है कि हम दूसरों के सहयोग के बिना, बड़ी सफलता तो दूर, छोटी-मोटी सफलताएं भी हासिल नहीं कर सकते ।

अब प्रश्न यह है कि हम समाज से लेना तो जानते है उसे देना क्यों नहीं जानते ? समाज ने हमें जितना दिया है, उसका कुछ अंश भी हम लौटाना क्यों नहीं चाहते ? अगर दुनिया की एक प्रतिशत आबादी भी यह ठान ले कि जितना उसने समाज से लिया है उतना ही वह लौटाकर रहेगी तो दुनिया में कोई भूखे पेट नहीं सोएगा और कोई भी इलाज के अभाव में नहीं मरेगा ।

दूसरों को देने में सबसे ज्यादा फायदा किसका होता हैं ? - हमारा ही होता है ! जब हम दूसरों को कोई चीज दान करते हैं तो हमारा आत्म-सम्मान बढ़ता है । हम अपनी नजर में ऊंचे हो जाते हैं और हम अपने जीवन को उद्देश्यपूर्ण महसूस करते हैं ।

जो लोग देना नहीं जानते उनके भीतर हमेशा एक खालीपन बना रहता है। इस खालीपन को भरने का एक मात्र तरीका यही है कि वे देने की कला सीखें। यह कला सीख लेने के बाद वे कभी अपने भीतर खालीपन नहीं महसूस करेंगे क्योंकि वे जुड़ाव महसूस करने लगेंगे। वे दूसरों के साथ जुड़ाव महसूस करेंगे, समाज के साथ और देश–दुनिया के साथ जुड़ाव महसूस करेंगे, बल्कि पूरी सृष्टि के साथ अपना जुड़ाव महसूस करेंगे।

इसलिए हमें देने की कला सीखनी होगी। जितना हम देना सीखते जाएंगे उतना ही हमारा मन हरा–भरा होता जाएगा और हम अपने जीवन की सार्थकता महसूस करने लगेंगे। हमें सुख–चैन और मन की शांति प्राप्त होगी और हमारा मानसिक स्वास्थ्य बेहतर होगा। निश्चय ही इसमें दो राय नहीं कि देने वाला व्यक्ति जितना कुछ देता है, उससे कहीं गुना ज्यादा प्राप्त कर लेता है।''

दूसरों की मदद लेना

आसान है,

मगर उस मदद को याद रखना

मुश्किल है।

जो व्यक्ति कृतज्ञता जानता है,

उसकी मदद में

हजारों हाथ आगे बढ़ आते हैं।

बारह

कृतज्ञता की यात्रा

स्वर्गीय रेड स्टीवंस की एक आदत जो मुझे हमेशा याद आती है, वह यह थी कि दिन भर में मुझे कम से कम दस बार वे 'धन्यवाद' कहते थे । आप सोचेंगे कि भला एक अरबपति अपने ड्राइवर को 'धन्यवाद' क्यों कहता था ? इसका उत्तर यह है कि वे सिर्फ मुझे नहीं, अपने हर कर्मचारी को छोटे-बड़े काम के लिए धन्यवाद देते थे ।

उनकी इस आदत को समझने के लिए हमें वह विडीयो देखना होगा, जिसमें वे जेसन को कृतज्ञता के महत्व को समझाते हैं । उस विडीयो में वे अपने जो विचार प्रस्तुत करते हैं, उसके कुछ अंश निम्नलिखित हैं :

''जेसन, जिसने जीवन में सही अर्थों में संघर्ष किया है वह दूसरों की मदद का महत्व समझता है । वह जानता है कि वह जहां तक पहुंचा है, वहां तक पहुंचने के लिए उसने अनेक लोगों की मदद ली है । अगर दूसरों ने समय-समय पर उसे छोटी-बड़ी मदद नहीं दी होती तो वह जीवन में काफी पीछे रह गया होता, इसलिए वह उनकी सहायताओं को याद करते हुए उनके प्रति कृतज्ञ रहता है ।

वहीं कुछ ऐसे लोग भी हैं जो लोगों से मदद तो बहुत जल्दी ले लेते हैं, मगर उस मदद को उतनी ही जल्दी भुला भी देते हैं । ऐसा वे क्यों करते हैं ? क्योंकि उनका अहम् यह इजाजत नहीं देता कि वे यह स्वीकारें कि उन्हें दूसरों की मदद की जरूरत पड़ी है । उनका अहम् इतना बड़ा होता है कि वे यह मानने को ही तैयार नहीं होते कि उन्होंने दूसरों से मदद ली है । इसलिए वे आजीवन कृतज्ञहीन बने रहते हैं ।

ऐसे लोग जिंदगी में आगे नहीं बढ़ पाते क्योंकि धीरे-धीरे लोग उनका साथ छोड़ देते हैं। वे अलग-थलग पड़ जाते हैं। यह जीवन की सच्चाई है कि यदि हमें लगातार आगे बढ़ना है तो हमें हर कदम पर दूसरों की मदद लेनी होगी और दूसरों को मदद देनी होगी। इस सच को नकारकर हम अपने ही भविष्य पर प्रश्नचिन्ह लगा देते हैं।

मेरा स्पष्ट मत है कि हर वह व्यक्ति जो प्रगति करना चाहता है, आगे बढ़ना चाहता है, वह लोगों के योगदान के महत्व को समझे और उनके प्रति कृतज्ञ रहे, तभी वह जीवन में प्रगति कर पाएगा। हर छोटी-बड़ी सहायता के लिए वह कृतज्ञ रहे और अपनी कृतज्ञता प्रकट करे। हर इंसान जिसने उसकी मदद में हाथ बढ़ाया है, उसे यह एहसास दिलाए की उसकी मदद का बड़ा महत्व है। उसके प्रति आभार प्रकट करे और कहे कि उसकी मदद को याद रखा जाएगा।

जेसन, मैं यह बहुत ही कम उम्र में समझ गया था कि मैं लोगों की सहायता के बिना आगे नहीं बढ़ पाऊंगा। मैं बेहद गरीब परिवार से था और मुझे हर कदम पर दूसरों की सहायता की जरूरत थी। और मुझे वह मिली भी ! मुझे पहला काम भी दूसरों के सहयोग से मिला, अपना बिजनेस भी मैंने दूसरों के सहयोग से शुरू किया और मैं जीवन भर उन लोगों के प्रति कृतज्ञ रहा जिन्होंने मुझे खड़ा होने में मदद किया।

धीरे-धीरे मेरी यह आदत बन गयी कि मैं हर सहायता के लिए कृतज्ञता प्रकट करूं और बदले में हर तरफ से मुझे सहायता प्राप्त होने

लगी । जितना मैं लोगों के प्रति अपना आभार प्रकट करता उतना ही वे मेरी सहायता और सहयोग में आगे बढ़कर आते । और सच कहूं तो मेरी सफलता का राज भी यही है । मैं इतना सफल सिर्फ इसलिए हो पाया क्योंकि लोगों ने मेरी सफलता में अपना योगदान दिया ।

मैं हमेशा से अपने बिजनेस पार्टनरों के प्रति आभार प्रकट करता रहा हूं; अपने सहयोगियों और कर्मचारियों के प्रति आभार प्रकट करता रहा हूं और जो भी व्यक्ति मेरे साथ जुड़ा है, मैं उसके प्रति आभार प्रकट करना नहीं भूला हूं । मैनेजर से लेकर प्यून तक, मेरी कंपनी में जो भी काम करते हैं, वे मेरे मुंह से हजारों बार 'धन्यवाद' शब्द सुन चुके हैं । और मैंने कभी उन्हें 'धन्यवाद' औपचारिकतावश नहीं दिया । मैं दिल से यह महसूस करता रहा हूं कि चूंकि वे पूरी निष्ठा के साथ मेरे लिए काम करते हैं, इसलिए मुझे उनके प्रति आभारी होना चाहिए । इसका परिणाम यह निकला कि कंपनी के प्रति उनकी निष्ठा बढ़ती गयी और कंपनी की प्रगति में उन्होंने अपना भरपूर योगदान दिया ।

जेसन, जिसकी जितनी बड़ी जिम्मेदारी होती है, उसे उतनी ज्यादा लोगों की सहायता और सहयोग की जरूरत होती है । और आज स्टीवंस परिवार के बिजनेस साम्राज्य की बागडोर तुम्हारे हाथों में है, तुम्हें तो हर किसी के सहयोग की जरूरत पड़ेगी । और यह तुम पर निर्भर करेगा कि तुम सबका सहयोग प्राप्त कर पाते हो या नहीं । अगर लोग तुम्हारे साथ दिल से जुड़ने को तैयार होते हैं तो समझ लो तुमने आधी बाजी वहीं जीत ली।

लोगों का साथ तुम्हें मिलता रहा तो तुम बड़ी से बड़ी चुनौतियों का सामना कर सकते हो । और लोगों का साथ हासिल करने के लिए तुम्हें खुद पहल करनी होगी । तुम्हें यह जताना पड़ेगा कि उनका साथ तुम्हारे लिए मूल्यवान है । उनके हर सहयोग और सहायता के लिए तुम्हें आभार प्रकट करना होगा और उन्हें यह भरोसा दिलाना होगा कि अवसर मिलने पर तुम भी उनका भरपूर साथ दोगे ।

मैं अपनी पूरी उम्र जी चुका हूं और इतनी लंबी आयु में मैंने जितनी दुनिया देखी है, उससे यही समझ पाया हूं कि वही लोग सफल होते हैं जो दूसरों के प्रति आभार प्रकट करना जानते हैं और दूसरों के प्रति कृतज्ञ होना जानते हैं । अहंकारी लोगों को यदि सफलता मिल भी जाती है तो वह क्षणिक होती है ।''

हमारी दैनिक यात्रा

यदि सही रही तो जीवन यात्रा

भी सही ही रहेगी।

दिन भर में हम जितना चलते हैं,

अगर सही दिशा में चलें

तो बहुत दूर पहुंच सकते हैं।

तेरह

दैनिक

यात्रा

स्वर्गीय रेड स्टीवंस की एक बड़ी खूबी मुझे हमेशा याद आती है- वे एक भी दिन को बेकार नहीं जाने देना चाहते थे। वे प्रतिदिन सुबह मिलते ही मुझसे कहते,''जिम, आज हमें बहुत काम करना है।'' उनका यह वाक्य मैंने हजारों बार सुना है। मुझे याद नहीं कि एक भी दिन उन्होंने इस वाक्य का इस्तेमाल न किया हो। जीवन के हर दिन उन्हें बहुत काम करना था, इसलिए वे प्रत्येक दिन इस वाक्य का इस्तेमाल करते थे। यहां तक कि जिस दिन वे इस दुनिया से विदा हुए, उस दिन भी सुबह उन्होंने मुझसे कहा था, ''जिम, आज हमें बहुत काम करना है।''

एक कर्मठ व्यक्ति अपने जीवन का एक भी क्षण बेकार नहीं जाने देना चाहता। वह जानता है कि जो समय बीत गया वह लौटकर नहीं आएगा। और स्वर्गीय रेड स्टीवंस कितने बड़े कर्मठ थे, इस बात की जानकारी जेसन को उनकी डायरी पढ़कर प्राप्त हुयी। एक जगह डायरी में लिखा था-

''२३ फरवरी, १९४८

आज के दिन मुझसे बड़ी गलती हो गयी। दोपहर के भोजन के बाद मैंने सोचा कि पंद्रह-बीस मिनट आराम कर लूं। मगर पता नहीं कब मुझे नींद लग गयी और मैं पूरे तीन घंटे सोता रहा। अपना ढाई घंटा नुकसान करके मैं कितनी ग्लानि महसूस कर रहा हूं इसका वर्णन नहीं कर सकता।''

अपने दादा के उपरोक्त कथन से जेसन यह समझ पाए कि उनके लिए एक-एक घंटा कितना मायने रखता था। वे एक दिन तो क्या, एक घंटा भी बेकार नहीं जाने देना चाहते थे। अपने एक विडीयो में रेड स्टीवंस एक-एक दिन के महत्त्व के बारे में समझाते हैं। उनके विचार के कुछ अंश निम्नलिखित हैः

''जेसन, जो एक सेकंड, एक मिनट, एक घंटा और एक दिन का महत्त्व नहीं समझता, वह एक वर्ष तो क्या, एक हजार वर्ष का भी महत्त्व नहीं समझ पाएगा। जो वक्त का महत्त्व समझता है, वह एक सेकन्ड का भी महत्त्व समझता है और जो वक्त का महत्त्व नहीं समझता, वह पूरी उम्र का महत्त्व भी नहीं समझ सकता।

उसकी उम्र यूं ही बीत जाती है और वह यह जान ही नहीं पाता कि उसने क्या खोया है। उसने अपना पूरा का पूरा जन्म ही खो दिया है। हम ऐसे लोगों को क्या कहेंगे? निश्चित रूप से ऐसे लोगों को 'महामूर्ख' ही कहा जाएगा! जो समय का महत्त्व नहीं समझता उसके लिए इसके सिवा और क्या विशेषण उपयुक्त हो सकता है?

समय से बढ़कर मूल्यवान इस दुनिया में और कोई चीज हो नहीं सकती। क्योंकि हमें जितना कुछ और जो कुछ देता है, वह समय ही देता है और हमसे जितना कुछ और जो कुछ छीनता है वह समय ही छीनता है। जो समय का सम्मान करता है उसे समय बहुत कुछ देता है और जो समय का सम्मान नहीं करता समय उससे बहुत कुछ छीन लेता है। यहां तक कि पूरी उम्र और पूरी जिंदगी ही छीन लेता है।

इंसान के पास समय एक ऐसा संसाधन है जो बेहद सीमित होता है। और इस संसाधन को हम बड़ी तेजी से खर्च करते हैं। पलक झपकते ही यह हमारे से फिसल जाता है, खर्च हो जाता है। इसकी फिसलने की प्रवृत्ति को हम नहीं बदल सकते। हां हम यह बदलाव जरूर अपने में ला सकते हैं कि हम इसका एक भी क्षण बर्बाद न करें। इस बहुमूल्य संसाधन का हम पूरा का पूरा लाभ उठाएं। और इसके लिए हमें अपने नजरिए और आदतों में बदलाव लाना होगा।

यदि जीवन एक यात्रा है तो उसका सबसे महत्त्वपूर्ण अंग दैनिक यात्रा ही है। क्योंकि हम एक दिन में जितना चल पाते हैं, इससे यह तय होगा कि हम जीवन भर में कितना चल पाएंगे। इसलिए हमें एक दिन के समय का महत्त्व समझकर, उसका भरपूर लाभ उठाने के लिए प्रयत्नशील रहना होगा। हम यदि यह ठान लेंगे कि सुबह उठने से लेकर रात को बिस्तर पर जाने तक, हम एक-एक क्षण का भरपूर फायदा उठाएंगे, तो हमें खुद यह देखकर हैरानी होगी कि हम पहले से दस गुना ज्यादा काम कर पाते हैं। हमारी उत्पादकता बढ़ जाती है और हम लगातार प्रगति कर पाते हैं।

मैंने देखा है कि अधिकांश लोग यह सोच तो लेते हैं कि अगले दिन बहुत सारा काम करेंगे और अगले दिन की प्लानिंग भी कर लेते हैं, मगर अगला दिन आने पर वे कुछ करते नहीं। वे अपने भीतर थकान महसूसकरते हैं उत्साह का अभाव महसूस करते हैं और देखते ही देखते उनका सारा

दिन यूं ही बीत जाता है। और फिर दिन बीत जाने पर वे अपने भीतर ग्लानि महसूस करते हैं। इस स्थिति को बदलना जरूरी है और यह स्थिति तभी बदलेगी, जब हम अपने भीतर यह प्रतिबद्धता लाएंगे कि हम एक-एक क्षण का भरपूर लाभ उठाएंगे।

एक दिन का समय कम नहीं होता। एक दिन में करने वाले क्या से क्या नहीं कर जाते हैं। एक दिन में पहुंचने वाले कहां से कहां नहीं पहुंच जाते हैं। जिन्हें जीवन में बहुत कुछ करना है, वे एक दिन में हि बहुत कुछ कर लेते हैं और जो तह सोचते हैं कि एक दिन का समय गया तो क्या गया; उनकी उम्र यूं ही बीत जाती है।''

हमारी जीवन-यात्रा

में रस कौन भरता है?

प्रेम ही हमारी यात्रा को

रसपूर्ण बनाता है।

चौदह

प्रेम की यात्रा

उस दिन रेड स्टीवंस की डायरी पढ़ते हुए एलेक्सिया के चेहरे पर मुस्कान फूट आयी। उन्होंने जेसन से कहा, ''इसमें तुम्हारे जन्म के समय के बारे में दादाजी ने लिखा है।'' इसके बाद वे उस पन्ने को पढ़ने लगीं–

''१९ मई, १९८४.

आज मेरे पोते का जन्म हुआ। जब मैंने उसे हाथ में उठाया तो वह टुकुर-टुकुर मुझे ताकने लगा । ऐसा लगा कि वह मुझे पहचान रहा है। कुछ पल तक उसे निहारने के बाद, मेरी आंखों में आंसू आ गए।''

जब एलेक्सिया ने डायरी का वह पन्ना पढ़ने के बाद जेसन की तरफ उत्सुकतापूर्वक देखा तो जेसन की आंखो में आंसू नजर आए। उन्होंने चेहरा दूसरी तरफ करके एलेक्सिया से अपने आंसूओं को छिपाने की कोशिश की, मगर एलेक्सिया समझ गयीं कि जेसन अपने दादा को याद करके भावुक हो उठे हैं।

कुछ ही देर बाद, एलेक्सिया ने लिमुजीन के डीवीडी प्लेयर में रेड स्टीवंस का वह विडीयो लगाया जिसमें वे प्रेम के बारे में अपने विचार व्यक्त करते हैं, जिसका कुछ अंश निम्नलिखित है :

"जेसन, यदि हमारी जिंदगी एक गाड़ी है जो चलती जाती है, चलती जाती है तो प्रेम इसका इंधन है। जब तक इस गाड़ी में प्रेम रुपी इंधन रहता है यह गाड़ी सुचारू रुप से चलती रहती है। और जब यह इंधन खत्म हो जाता है तो इस गाड़ी में जान ही नहीं बचती कि वह आगे बढ़ सके।

जिस व्यक्ति के भीतर प्रेम नहीं बचता, उसके भीतर ऊर्जा नहीं बचती और न ही उसके भीतर शक्ति रह जाती है। क्योंकि प्रेम ही हमें वास्तविक शक्ति प्रदान करता है। प्रेम हमें तमाम तरह की चुनौतियों से लड़ने के लिए शक्ति देता है और जब तक हमारे ह्रदय में प्रेम रहता है हम हार नहीं मानते।

कोई अपनी संतान के प्रेम में बड़े से बड़ा संघर्ष करता है; कोई अपने देश-प्रेम में बड़वे से बड़े बलिदान देता है, तो कोई संपूर्ण जगत के प्रेम में अपना जीवन मानव-कल्याण को समर्पित कर देता है। यदि प्रेम नहीं होगा तो इंसान बड़े संघर्षों में शामिल नहीं होगा। कोई अपने स्वार्थ-मात्र के लिए ही बड़ा संघर्ष नहीं कर सकता। बड़े संघर्षों के लिए बड़े उद्देश्यों की जरूरत होती है और प्रेम हमें वह बड़ा उद्देश्य प्रदान करता है, जिसे पूरा करने के लिए हम बड़े से बड़ा संघर्ष से भी पीछे नहीं हटते।

इसलिए जीवन में प्रेम का होना जरूरी है। हमारे जीवन की सार्थकता बनी रहे इसलिए यह जरूरी है कि हमारे ह्रदय में प्रेम भरा रहे। जब तक हमारे भीतर से प्रेम नहीं छलकेगा न तो हम जीवन की सफलताओं का आनंद उठा पाएंगे और न हम सफलताओं को प्राप्त करने के लिए संघर्ष कर पाएंगे।"

जितना बेहतर हम

अपने अतीत को समझेंगे,

उतना उज्ज्वल हमारा भविष्य होगा।

कोई यात्रा हमें क्या देती है,

इस पर निर्भर करता है कि

हम क्या लेने चाहते हैं।

पंद्रह

अनोखी

यात्रा

पंद्रह अनोखी यात्रा

हर यात्रा के अंत तक आते-आते हम सोचने पर मजबूर हो जाते हैं कि हमें इस यात्रा से क्या लाभ मिला। मगर यह भी सच है कि हम किसी यात्रा के लाभ को तराजू पर तौल नहीं सकते। क्योंकि इस प्रकार के लाभ को तौलना या नापना संभव नहीं है। इसका स्पष्ट कारण यह है कि यात्राएं हमें जितना बाहर से बदलती हैं उससे कहीं गुना ज्यादा हमें भीतर से बदलती हैं।

हमें खुद से यह पूछना होगा कि हमारे भीतर बदलाव सकारात्मक आए हैं या नकारात्मक? यदि बदलाव सकारात्मक हैं तो निश्चय ही हमारी यात्रा सफल रही और यदि नकारात्मक हैं तो यह हमारे लिए गंभीर चिंतन का विषय है। क्योंकि जीवन की यात्राएं कुछ सीखने के लिए होती हैं; कुछ पाने के लिए होती हैं। अगर हमने किसी यात्रा से कुछ नहीं पाया, बल्कि खोया ही है तो समझ लें कि ऐसे में उस यात्रा के प्रति हमारी निष्ठा पर प्रश्न चिन्ह लगता है।

मैं यह पूरे विश्वास के साथ कहता हूं कि जेसन स्टीवंस ने पिछले चंद महीनों में जो यात्रा की है वह पूरी तरह सार्थक सिद्ध हुयी है। अपने दादा, स्वर्गीय रेड स्टीवंस के विडीयोज और डायरियों से गुजरते हुए जेसन में जो व्यापक बदलाव आए हैं, वे बेहद सकारात्मक और बेहद चमत्कारिक हैं।

न सिर्फ इतने कम समय में जेसन बेहद परिपक्व हो गए हैं, बल्कि उनकी समझ भी बेहद गहरी हो गयी है और उनका दृष्टिकोण काफी संतुलित हो गया है। उनको देखकर और उनसे मिलकर यह महसूस नहीं होता कि हम एक चौबीस-पचीस वर्षीय युवा से मिल रहे है, बल्कि यह महसूस होता है कि हमारे सामने एक ऐसा व्यक्तित्व है जिसके भीतर वर्षों का अनुभव है और जो बड़ी से बड़ी जिम्मेदारी अपने मजबूत और संतुलित कंधो पर उठाने के लिए तैयार है।

स्वर्गीय रेड स्टीवंस अब जहां कहीं भी हों, यदि वे अपने पौत्र जेसन स्टीवंस को देख सकते हैं तो वे इस बात पर बड़ा गर्व महसूस करेंगे कि उन्होंने बड़े ही योग्य उत्तराधिकारी का चुनाव किया। अपने अंतिम दिनों में वे बड़े चिंतित रहते थे कि उनके जाने के बाद उनके बिजनेस साम्राज्य का क्या होगा। उनके लाखों कर्मचारियों के भविष्य का क्या होगा? और अब मैं समझता हूं, स्वर्गीय रेड स्टीवंस जहां कहीं भी हों इस बात के प्रति बेहद आश्वस्त होंगे कि उनका बिजनेस साम्राज्य और उनके कर्मचारियों का भविष्य, बेहद सुरक्षित हाथों में है।

♦♦♦♦♦

लेखक परिचय

जिम स्टोवाल, एक मोटिवेशनल वक्ता के रूप में पूरी दुनिया में विख्यात हैं। ये वेटलिफ्टिंग के एक पूर्व नैश्नल चैम्पियन और सफल उद्यमी भी हैं। ये नैरेटिव टेलिवीजन नेटवर्क के प्रेसिडेन्ट हैं, जो कि दृष्टिहीनों के लिए कार्यक्रमों का निर्माण करता है।

जिम स्टोवाल अब तक पंद्रह बेस्टसेलर पुस्तकें लिख चुके हैं और इनकी पिछली दो पुस्तकें, 'अनोखा उपहार' और 'अनोखा जीवन' अपार लोकप्रियता हासिल कर चुकी हैं और इन दोनों पुस्तकों पर बेहद सफल फिल्मों का निर्माण भी हो चुका है। जिम स्टोवाल, राष्ट्रपति द्वारा 'वर्ष के सर्वश्रेष्ठ उद्यमी' पुरस्कार से भी सम्मानित किए जा चुके हैं।